A CIDADE DE
ULISSES

TEOLINDA GERSÃO

A CIDADE DE
ULISSES

© 2011 by Teolinda Gersão
© Oficina Raquel, 2017

EDITORES
    Raquel Menezes e Luis Maffei

CAPA
    Thiago Antônio

IMAGEM DA CAPA
    Raquel Menezes

PROJETO GRÁFICO E DIAGRAMAÇÃO
    Julio Baptista (jcbaptista@gmail.com)

REVISÃO
    Lícia Mattos

www.oficinaraquel.com
oficina@oficinaraquel.com
facebook.com/Editora-Oficina-Raquel

Este livro foi publicado sem obedecer ao
Novo Acordo Ortográfico da Língua Portuguesa
a pedido expresso da autora.

Dados Internacionais de Catalogação na Publicação (CIP)
Angélica Ilacqua CRB-8/7057

Gersão, Teolinda
    A cidade de Ulisses / Teolinda Gersão. – Rio de Janeiro: Oficina Raquel, 2017.
    254 p.

    ISBN: 978-85-9500-011-7

    1. Literatura portuguesa 2. Ficção portuguesa I. Título
17-1163   CDD P869

Índices para catálogo sistemático:

1. Literatura portuguesa

Da minha língua vê-se o mar.
Vergílio Ferreira

Índice

Capítulo I
1. Em volta de um convite 15
2. Em volta de Lisboa 41
3. Em volta de nós 84

Capítulo II
Quatro anos com Cecília 129

Capítulo III
A Cidade de Ulisses 195

Nota inicial

Este livro, que dialoga deliberadamente com as artes plásticas, deve-se ao meu interesse por essa área e a múltiplas conversas ao longo dos anos com amigos artistas plásticos (João Vieira foi um deles e saliento o seu nome, em sua memória, porque infelizmente já não está entre nós).

De um modo muito especial, agradeço a José Barrias: numerosos motivos da exposição referida no Capítulo III – a sedução da escrita, a jangada de Ulisses, *Quase romance*, a recriação da água imensamente azul, a instalação *Nostos,* a carta ao pai, a que chamou *A imagem da sombra*, são elementos da exposição *José Barrias etc.* apresentada há alguns anos no CAM, e que aqui reutilizei livremente. O motivo da *Ode marítima* manuscrita sobre a fachada da casa natal de Fernando Pessoa é igualmente uma ideia de José Barrias, que em 1995 transcreveu o texto nas paredes do quarto do poeta, na Rua Coelho da Rocha, numa instalação com o título: *Um quarto de página*. Devo-lhe ainda o apoio que deu desde o início à aventura da escrita deste livro, de que foi o primeiro leitor.

Quero deixar além disso uma palavra de gratidão a todos os que ao longo de séculos e até hoje amaram, investigaram, estudaram, registaram Lisboa. Os autores e os livros são tão numerosos que seria impossível enumerá-los aqui. Mas aos muitos que li, e aos muitos que não pude ler, quero expressar o meu profundo reconhecimento.

T.G.

A CIDADE DE
ULISSES

Capítulo I

1.
Em volta de um convite

Foi apenas uma conversa prévia, sobre as linhas gerais, com a pergunta final se eu aceitaria. O convite formal virá depois, no caso de eu aceitar. Mas não assumi nenhum compromisso, fiquei de ponderar o assunto e responder dentro de alguns dias.

Estávamos no gabinete do director do Centro de Arte Moderna. A secretária, que há uma semana me telefonara a marcar data e hora, tinha-nos trazido dois cafés numa bandeja, e eu podia ver através da janela os jardins da Gulbenkian.

Conheço o meu interlocutor, porque já há alguns anos expus no CAM. Diz-me, mas é uma frase de circunstância, que há duas décadas vem seguindo a minha obra, que muito admira. E depois de mais algumas frases, igualmente de circunstância, vai direito ao assunto:

Pretende dirigir convites a um número considerável de artistas plásticos, para proporem, em exposições diversas, o seu olhar sobre o país. Atendendo ao meu currículo tinham pensado, em reunião recente, que a primeira exposição poderia ser a minha.

E, se eu estiver de acordo, sugeria-me que o tema fosse Lisboa. Ou seja, o meu olhar sobre um ou alguns aspectos de Lisboa, especificou pousando no tabuleiro a chávena de café.

Senti-me surpreendido mas não quis interrompê-lo e deixei-o falar até ao fim.

Lisboa é obviamente um tema inesgotável e iremos pô-lo também à consideração de outros artistas, continuou.

Depois de serem aqui inauguradas e durante algum tempo abertas ao público, estas exposições irão circular por vários países. Gostaria para já de saber se o projecto me interessava, concluiu.

Trocámos ainda algumas frases, mas não levantei questões nem prolonguei a conversa. Prometi pensar no assunto e dar-lhe uma resposta dentro de alguns dias.

Saí para o jardim, onde caminhei no meio das árvores. É um jardim de muito verde, quase sem flores. O verde é uma cor tranquilizante. As linhas do jardim também. Horizontais e verticais. Árvores e água. Céu, um lago, placas de cimento ladeadas de arbustos, e vastas extensões de prado.

Sentei-me numa cadeira do pequeno anfiteatro ao ar livre. Havia outras pessoas por ali, algumas lendo livros ou jornais, pares de namorados abraçavam-se, crianças corriam embaixo, na relva, seguidas pelo olhar de duas ou três mães sentadas. Um grupo em fato de treino praticava artes marciais. Por cima de nós um avião riscou o céu, deixando atrás de si um traço branco que levou algum tempo a desaparecer.

O projecto das várias exposições fazia algum sentido. Mas por que razão iriam ser itinerantes? É verdade que, para milhões e milhões de pessoas letradas do globo, Portugal não estava no mapa, era, quando muito, uma faixa estreita de terra diante da Espanha. E Lisboa era provavelmente a mais desconhecida das capitais da Europa, e uma das mais desconhecidas do mundo.

Mas pretendiam exactamente o quê? Que os artistas ajudassem a colocar o país no mapa?

Ironia do destino, num lugar onde a cultura era tão cronicamente maltratada.

Claro que eu poderia aceitar o convite, pensei saindo do jardim e caminhando em direcção à António Augusto de Aguiar, onde tinha deixado o carro estacionado.

Escolher um ponto de vista, uma visão pessoal sobre a cidade. Só isso. O meu olhar agudo e sem complacências. Transformar o que via numa obra de arte. Por vezes, cruel. Não era afinal o que eu fazia sempre?

Mas neste caso iria recusar. A única coisa que me parecia urgente era arrumar liminarmente o assunto.

(Exmo Senhor:
Agradecendo o convite que me foi dirigido e que muito me honra, informo que, devido a compromissos já assumidos, não estou disponível para colaborar no projecto proposto.
Com os melhores cumprimentos,
Paulo Vaz.)

Meia dúzia de palavras, essas ou outras, e não tornaria mais a pensar nisso.

Sara telefonou nessa altura.

— Sim, já saí da Gulbenkian. Depois te conto. Vou dizer que não.

Entrei no carro e arranquei, no meio de um trânsito intenso, em direcção à Graça.

Foi pouco antes do momento em que quase bati no carro da frente, que parou de súbito antes de um semáforo amarelo, que te imaginei a ter a conversa desta manhã em meu lugar, Cecília. Muitos anos atrás.

— Na verdade esse projecto já existe, terias dito de imediato ao director do CAM. Há já algum tempo que trabalhamos nele, eu e o Paulo Vaz. Se ele estiver de acordo aceitamos com prazer a proposta. Vou falar com o Paulo e responderemos dentro de alguns dias.

E o director do CAM sorriria, encantado, achando que tudo corria no melhor dos mundos. Propunha-te uma ideia ainda vaga e tu respondias com um projecto concreto, já pensado, que, ao ouvir-te falar, dir-se-ia quase pronto.

Virias contar-me com entusiasmo, e de certeza rindo, essa conversa. Se ela tivesse alguma vez acontecido.

E não estarias surpreendida pelo facto extraordinário de uma coisa em que tínhamos pensado à toa parecer ter ganho magicamente consistência fora de nós e vir agora ter connosco, partindo de uma instituição credível.

Talvez porque sempre acreditaste em coisas impossíveis, nada disto te pareceria insólito. De repente ofereciam-nos todos os meios, era só meter mãos à obra e realizar um projecto antigo.

Mas de facto nenhum de nós tinha levado a sério essa ideia de fazer uma exposição sobre Lisboa. Era um divertimento, um jogo privado com que desafiávamos a imaginação um do outro. Andávamos por aí, e olhávamos a cidade como se nos pertencesse e fôssemos construir alguma coisa a partir dela.

Percorríamo-la a pé, ou na vespa que eu tinha comprado em segunda mão e fazia um barulho dos diabos a arrancar porque sempre carburou mal. Tu ias sentada atrás, abraçada a mim, com os cabelos ao vento. A imagem, ou a sensação mais perfeita que guardei da liberdade, é esse acelerar contigo, sentindo os teus braços em volta do meu corpo, enquanto os teus cabelos voavam ao vento.

Depois passámos a usar capacete e os teus cabelos deixaram de se soltar no vento. Mas continuámos a voar, pelas ruas de pedra ou de alcatrão. Desarvorados, seria talvez a palavra exacta.

Foi assim que te desenhei nessa época: com um pé ainda estendido, como se tivesses acabado de montar atrás de mim, na vespa já em movimento. Estamos ambos de costas, há alguma poeira levantada, e a tua cabeça, encostada ao meu corpo, está ligeiramente voltada de lado, de modo que só uma parte do teu rosto é visível, enquanto as ruas desaparecem em volta, ou nós deixamos de vê-las, concentrados na sensação da velocidade que em poucos segundos atingimos. Aí vamos nós, montados numa superfície estreita que nas curvas se inclina. Entregues ao jogo do nosso próprio equilíbrio, que mantemos com o corpo, na medida exacta.

Os desenhos eram sobretudo isso, o movimento e o equilíbrio de opostos, a tensão entre a precisão e o excesso.

É a primeira vez que surges em trabalhos meus. Ainda só com metade do teu rosto, a que a velocidade faz perder os contornos.

Terias aceitado sem hesitar o convite, com a condição de eu concordar.

– É por isso que vou recusá-lo, disse depois a Sara: era um projecto meu e de Cecília, e não teria sentido realizá-lo agora sozinho.

Claro que poderia fazer outra coisa, completamente diferente, pensei dias mais tarde.

Mas o que eventualmente me poderia interessar era recuperar esse projecto que existira anos atrás, retomar uma ideia que na altura tínhamos tido o bom senso de não levar a sério, mas que agora, por teimosia, eu levaria a sério e passaria a existir. Uma exposição real, dentro do mundo real.

– Na verdade esse projecto já existe, trabalhei nele em tempos com Cecília Branco. Se ela concordar aceito o vosso convite.

É óbvio que não posso dizer isso ao director do CAM, Cecília. Nem posso apresentar o projecto como se fosse apenas meu.

No entanto agora que te imaginei no meu lugar, aceitando, ocorre-me que poderia fazer o trabalho, desde que te incluísse. "*A Cidade de Ulisses*. Exposição de Paulo Vaz, a partir de um projecto de Cecília Branco."
Não estaria a apropriar-me de ideias tuas e a fazê-las surgir com o meu nome, ao lado de ideias minhas. Dar-te-ia inclusive a autoria do projecto, o que não é verdade. Mas seria uma maneira de compensar-te por o trabalho a apresentar ser agora meu. E seria a oportunidade de salvar muita coisa em que tínhamos pensado, que de outro modo ficará perdida. "*Lisbon revisited*", numa nova versão, assinada por nós.

Poderia ser uma solução, aparentemente fácil. Aparentemente, porque na verdade nunca nada é fácil. E nada é o que parece, como em todos os casos a experiência prova.

Exmo *Senhor:*
Aceito o convite etc., esperando que o vosso projecto das exposições itinerantes possa ter alguma utilidade para o país, nestes tempos de crise, nos tempos de cão desta crise, que vão correndo. E porque afinal de contas o meu trabalho é este: expor.
Mas as razões da minha aceitação são sobretudo pessoais:
É a segunda vez que me encontro perante essa ideia de fazer uma exposição sobre Lisboa. Em geral nunca uma coisa vem ter connosco uma segunda vez, a vida contenta-se em dar-nos, quando muito, uma oportunidade. Por isso a minha reacção na conversa que tivemos foi de perplexidade e surpresa, e o que de imediato me ocorreu foi rejeitar, como se a vida me preparasse uma cilada.

Aliás não tenho dúvidas de que se trata de uma cilada. Qualquer exposição sobre Lisboa, mesmo limitada a apenas um aspecto, é um objectivo minado: uma cidade com trinta séculos baralha-nos as perspectivas. O que quer que se faça, o resultado nunca passará de um work in progress, uma proposta de trabalho, ou o que quiserem. As you like it. O aviso aqui fica, registado e datado, para memória futura. Mas o senhor sabe isto tão bem como eu, e suponho que é um trabalho desse tipo que se espera. E depois, se uma instituição credível como a vossa se arrisca a embarcar nesta aventura, não há razão para também eu não embarcar nela.

Na verdade achei o projecto insensato e não o levei a sério da primeira vez que ele veio ter comigo e com a mulher com quem vivia na altura, aliás a pessoa mais criativa e dotada que alguma vez conheci. Por razões que não vêm ao caso, ela não poderá agora levar a cabo a colaboração que nessa época existiu. Mas, como terei oportunidade de informar o CAM em tempo útil, o seu nome deverá também constar, porque se tratou de um projecto de ambos.

É esta de resto a verdadeira razão que me leva a aceitar o convite: recuperar um projecto de que também ela fez parte.

Um motivo, portanto, pessoal.

Como sabe, é provavelmente sempre assim que surgem as obras de arte: a partir de motivações pessoais, em geral egoístas, para prazer do criador, para que ele possa exercer o seu domínio sobre o real, forçando-o a moldar-se ao seu desejo.

Sorrio portanto e vejo-o sorrir também a si, ao escrever estas linhas. As pessoas entram nas salas de exposições e vêem coisas na aparência objectivas. Mas os criadores estão dentro delas, inteiros, vida, corpo, alma, tudo – embora sob camuflagem. Expor-se é tam-

bém esconder-se. E também no disfarce os criadores são mestres, como é aliás do seu conhecimento.

Não irei portanto expor-me. Os artistas expõem, mas não se expõem. Fingem sempre.

Também por isso nunca irei, como é evidente, escrever-lhe esta carta, meu caro director. Apenas lhe enviarei um destes dias, como é esperado e devido, duas ou três linhas convencionais. Dir-lhe-ei que aceito e agradeço o convite. Tudo o mais ficará naturalmente a salvo, fora do seu alcance e do de toda a gente. Não interessa a ninguém, a não ser a mim.

Apresento-lhe os melhores cumprimentos.

PS – (Dei conta de que faltava ainda um Post-Scriptum):

Ao aceitar esta proposta estarei a criar alguma distância em relação a outra mulher, chamada Sara, que significa muito para mim. Uma distância mental, mas não direi "apenas" mental. Tudo o que importa na vida se passa também sempre ao nível do imaginário. Para bem ou para mal. Pelo menos com os artistas é assim. La pittura è cosa mentale, disse Leonardo noutro contexto, mas também poderia aplicar-se a este.

Muitas das minhas obras foram feitas a partir de uma paixão qualquer, as mulheres foram fonte de energia ou ponto de partida para muito do que produzi.

Desta vez também será assim. A memória, como deve estar lembrado, é a mãe das musas.

E agora páro de ironizar comigo próprio, divagando nesta Carta Impossível ao Director do CAM, arrumo a Gulbenkian, o CAM, o director, o público, os críticos e tudo o mais que houver. Vou montar o estaleiro e trabalhar.

Perdoa-me por te deixar um momento talvez longo em segundo plano, Sara. Dir-te-ei obviamente que aceitei o convite, mas farei tudo o que puder para que sintas o menos possível que deixei instalar alguma distância entre nós, porque agora comecei a andar por aí pensando noutra mulher que já entrou no jogo, no meu, no nosso jogo, e sei que está disposta novamente a jogá-lo comigo. Do princípio. Um jogo começa sempre do princípio.

A primeira vez que te vi foi numa sala de aula, Cecília. Na altura eu era uma espécie de assistente de uma das cadeiras do primeiro ano. No entanto nunca me senti teu professor, vestir a pele do mestre não combinava comigo, até porque eu não queria ser professor, queria já então ser artista a tempo inteiro. As aulas eram uma ocupação menor e provisória, para ganhar dinheiro. Logo que pudesse iria deixá-las. Mas tu não sabias isso, não sabias nada de mim nem eu de ti, e entretanto ali estávamos, tu e eu, por um breve espaço no papel de professor e de aluna.

Era assim que, três vezes por semana, eu podia olhar-te, sentada na carteira, tirando apontamentos do que eu dizia (os teus caderninhos, já então pequenos). Ou não escrevendo coisa nenhuma e olhando para mim, como se fosses o mestre e me examinasses. Passaria eu no teu exame? interroguei-me caminhando em direcção à secretária, atrás da qual me senti de repente mais seguro, e onde podia consultar as fichas que trouxera escritas. Mas não era a matéria que debitava que ficava exposta diante de ti: era eu próprio. Poderias ver (examinar, avaliar) a cor dos meus olhos, o formato do nariz e das orelhas, os óculos, as mãos, a roupa que vestia, e, se eu me deixasse ficar suficientemente perto da primeira fila, onde estavas sentada, poderias sentir o cheiro da loção que pusera de manhã. Poderias aceitar-me ou rejeitar-me. Mas entretanto eu tinha-me afastado para detrás da secretária, onde não poderias sentir o cheiro do meu corpo e onde, por detrás dos óculos, a cor dos meus olhos não seria nítida.

Meti a mão direita num dos bolsos e apoiei a outra sobre os apontamentos, porque dei conta de que falava também com as mãos e tu as seguias, talvez involuntariamente. As minhas mãos distraíam-te de mim.

Minutos mais tarde ter-me-ia levantado, abandonava outra vez a secretária, dava dois ou três passos sobre o estrado. Estava num palco e tu eras a única espectadora de um espectáculo que só para ti eu encenava. Tinha esperança de que aquilo que dizia te interessasse, e sobretudo de que eu te interessasse, por detrás do que dizia.

Mas não eras só tu que podias olhar-me, no meio dos outros, também eu me fixava em ti, fingindo dirigir-me à sala inteira. Durante hora e meia podia observar-te, de uma só vez ou lentamente, escolhendo um detalhe depois de outro: os cabelos castanho-claros, com nuances louras, contrastando com a pele bronzeada, os olhos grandes, entre o cinzento e o verde – assim pelo menos me pareciam, mas era uma questão que eu teria de esclarecer, quando os visse mais de perto e a outra luz. Quando, por exemplo, te beijasse. Então veria exactamente que cor tinham, um segundo antes de os fechares, quando te abandonasses ao calor da minha boca sobre a tua boca, que agora sorria.

Nunca vou esquecer o sexo que vivi contigo, mas não foi só por isso que te amei.

Ama-se alguém porque sim, e não há nada que explicar. Não se pode falar realmente de sexo, muito menos contá-lo. O grande equívoco da pornografia é acreditar que o sexo pode ser visível. Porque não é: faz-se, sente-se, vive-se, fica na pele, no corpo, na alma, na memória, mas está para além do que os olhos podem alcançar. O sexo é invisível. Contá-lo é como contar uma viagem de barco a partir da margem, analisando as oscilações da água e as posições do navio, sem ter embarcado. Quando a única coisa real era a viagem. Só depois se podia, sempre de modo imperfeito e aproximado, falar dela.

É verdade que comecei por admirar o teu rosto e desejar o teu corpo. Notava a maneira como te vestias, que nunca era ostensiva nem provocante, era pelo contrário discreta, levemente sofisticada. No entanto a forma como te vestias despertava-me o desejo de despir-te.

O que havia em ti que eu não encontrava noutras mulheres, o que te singularizava no espaço reduzido da sala de aula?

Penso que para lá da atracção inicial, inteiramente física, e do desejo de por minha vez te agradar, foi o lado mental e emocional que me fez olhar para ti de outro modo. Descobri que eras sensual e brilhante e cedi ao desejo de dialogar contigo. As palavras tiveram um papel decisivo no que se passou entre nós. Eu procurava, a todos os níveis, uma interlocutora, percebi. Era isso, finalmente, o que encontrara. Julgava conhecer as mulheres, mas percebi que tinha aportado, contigo, a um outro continente.

As longas conversas em que íamos falando do que calhava, ao sabor do vento. Éramos amantes carnais, mas também mentais, constatei. Algo de improvável, que eu sempre pensara que não existia, estava a acontecer-nos.

Fazer amor ou falar contigo tinham algo em comum: num caso ou noutro deixávamo-nos ir, cedendo a uma espécie de música interior, excitávamo-nos mutuamente, num jogo de prazer em que a tensão crescia. E de repente, do encontro dos corpos ou das palavras, algo explodia e brilhava e se tornava imensamente claro: o amor, ou uma qualquer visão das coisas e do mundo.

Trocávamos experiências, descobertas, memórias, opiniões, que podiam ser coincidentes ou opostas. Passavam de um para o outro, circulavam. E tudo isso nos mudava e nos ia transformando. Havia um antes e um depois de te encontrar.

E uma ocasião disseste, como se fosse uma evidência: Ter-te encontrado foi a coisa mais importante que me aconteceu.

Partilhei contigo ideias que há muito me interessavam. Portugal viera de uma ditadura, tinha décadas de atraso em relação ao mundo. Eu tinha tido em 76 uma bolsa que me permitira estudar dois anos em Berlim, onde ficara depois até 80, andara à boleia a viajar pela Europa, vira uma série de coisas que me motivavam. Muitas questões não tinham provavelmente resposta nem precisavam dela, porque eram estimulantes em si próprias.

Havia por exemplo esta pergunta: até que ponto a arte contemporânea conseguia impor-se por si mesma, como objecto plástico, ou precisava de palavras como suporte? Isto é, até que ponto a arte se convertera em pretexto para um exercício fascinante de hermenêutica, que de algum modo ocupava uma parte do seu espaço?

Era fácil dizer que a verdadeira obra plástica não precisava de palavras, que seriam sempre redundantes, porque o que nela havia de essencial não era verbalizável, pertencia a outro campo, visual. Por isso era *plástica*.

No entanto isto não era inteiramente verdade. Podíamos dizer que por vezes as artes plásticas valiam não tanto por si mesmas mas pelo que suscitavam, e só podia ser traduzido em palavras: curiosamente o que sobre elas se dizia e escrevia podia ser muito mais interessante do que elas mesmas. Tornavam-se de algum modo veículo para outra coisa, que ficava para além delas. "Vampirizavam" secretamente as palavras? Talvez, mas isso podia ser estimulante, um novo ponto de partida. E por outro lado também a literatura – o campo da palavra – se alargava e invadia outros domínios, procurava novas formas de se tornar visível, parecia já não lhe bastar o mundo confinado e silencioso do livro. Estava-se numa época de viragem, em que as formas se contaminavam e tudo era possível: outras maneiras de contar, mostrar, dar a ver, partilhar, experimentar, tornar visível. O leitor-espectador-visitante passava a ter um papel cada vez maior. Era levado a entrar nas obras, a circular por dentro delas, a perder-se e encontrar-se nelas.

Eu gostava, enquanto criador, de assumir uma posição autocrática: levar o espectador para dentro de um mundo que eu construísse, onde quem ditava as regras era eu. Ele podia manter a distância e a liberdade do seu juízo crítico, mas primeiro tinha de entrar dentro da obra (ou do espaço mais alargado da exposição). E, tendo entrado, estava apanhado como um pássaro numa gaiola, até encontrar a porta de saída. Enquanto estivesse dentro sujeitava-se a uma experiência, ou a uma vivência, que até certo ponto eu determinava. Aceitava ver o que eu propunha, de algum modo através dos meus olhos. Só depois era livre de olhar outra vez com os seus, e recusar tudo se quisesse. Era a sua vez de jogar, na segunda parte do jogo. Mas a primeira jogada era minha.

Criar era, naturalmente, um exercício de poder. Sim, eu não abdicava desse ponto. Queria exercer poder sobre o espectador. Fasciná-lo, subjugá-lo, convencê-lo, assustá-lo, enervá-lo, provocá-lo, deleitá-lo – criar-lhe emoções e reacções.

Sim, como numa forma de amor. Por alguma razão o conjunto de obras de um autor sobre as quais alguém se debruça para melhor as percorrer e decifrar se chama "corpus".

Corpo. A fruição de uma obra de arte é um encontro, um corpo a corpo. Entre duas pessoas, duas subjectividades, duas visões. Que podem ser convergentes – então há uma relação fusional de identificação e de entrega, ligada a sentimentos de um prazer quase físico, ou divergentes, e nesse caso há uma disputa, uma argumentação, um pretexto para um confronto em termos de intelecto, em que o prazer é indissociável da luta, da tentativa de convencer o outro – e con-vencê-lo é a forma mental de o vencer.

Este tipo de questões também te fascinavam. Tudo estava em transformação e mudança, tudo era possível. Cada época reinventava o mundo a seu modo, mas a nossa tinha ao seu alcance novos meios, podia usar criativamente novas tecnologias. As perspectivas eram infindáveis, o céu era o limite.

Lembro-me de falarmos por vezes da instalação enquanto forma de arte: podia usar livremente elementos díspares, era uma forma híbrida, vampírica, um mundo em três dimensões que se era convidado a atravessar. Uma espécie de experiência por que se passava, que podia apelar a todos os sentidos, não só aos olhos mas também ao olfacto, ao tacto, ao intelecto, como se se entrasse noutra visão, noutro lugar ou noutra vida. Uma experiência da qual no limite o espectador poderia (ou deveria) sair modificado. Porque a arte – pelo menos a que nos interessava – não era inócua nem inocente. Era perigosa, e implicava um risco.

Olhava-te portanto em pormenor, os gestos, o vestido, os cadernos de apontamentos, a caneta, que nunca era uma esferográfica qualquer, a caixa dos óculos escuros, a fita ou o gancho que trazias no cabelo – que eu preferia ver solto, caindo sobre os ombros, roçando o tecido leve da blusa.

E sentia-me ao mesmo tempo observado por uma mulher muito jovem, que procurava um homem para amar. Nausica (ocorreu-me de repente) saindo de manhã de casa cantando e encontrando um homem atirado à praia. Que ela ama de imediato, sem saber nada sobre ele. Apenas porque é uma bela manhã e ela espera o amor, com todo o seu corpo jovem ela deseja o amor. Encontra um homem deitado na areia, empastado de sal, e, enquanto as servas fogem, não tem medo de se aproximar. Está preparada para aquele encontro, preparou-se a vida inteira, antes daquela manhã para a qual agora todas as manhãs convergem. Por isso sonhou com ele naquela noite e saiu de casa a cantar, como também agora canta, no caminho de volta.

Espero por ti, na casa dos meus pais.

Não sabe nada sobre aquele estrangeiro, não sabe que ele está de passagem, que estará sempre de passagem. Não sabe que ele tem outra mulher.

Esse é o segundo momento, quando ele fala. Mas enquanto ele não falar é o desejo dela que comanda o mundo. Enquanto ele não contar a sua história, há aquele momento em que ela o encontra deitado na praia, adormecido. E o ama de imediato porque o esperava, porque esperava o amor.

Essa imagem voltou-me outra vez à ideia da primeira vez que vieste a minha casa, te despi e deitei na minha cama. Houve um momento, mais tarde, em que ficámos exaustos e adormecemos. Acordei depois de ti e dei conta de que me olhavas, de que certamente já me olhavas há muito tempo, nu e adormecido, trazido pelas ondas do sono até ao estado de vigília. Como se estivesse numa praia e os lençóis fossem uma extensão de areia.

Nu e naufragado, pensei depois. Já tinha vivido tantas histórias de amor e deixado tantas coisas quebradas para trás. Havia sempre em mim uma insatisfação, uma errância, uma deriva. Era a minha forma de ser, e não podia mudá-la. Mas isso não te disse, e tu não sabias.

E eu também não sabia quase nada sobre ti, só sabia que quando nos conhecemos nos amámos de imediato, porque não podíamos ter feito outra coisa.

Foi nessa altura que pintei os quadros da série *A manhã de Nausica*, pouco me importando o contexto. Interessava-me apenas o momento: um homem naufragado que o mar atira à praia, e quando abre os olhos e recupera a consciência vê debruçada sobre ele, a olhá-lo, uma mulher muito jovem. Está uma bela manhã de verão e ela trá-lo de volta para a vida: dá-lhe agasalho e comida e indica-lhe o caminho de casa. Vai adiante dele preparar tudo, e ficará à sua espera. Vai adiante dele a cantar, a caminho de casa (posso garantir que ela cantava, mesmo que isso não esteja escrito em parte alguma).

Tudo era igual nessa manhã, quando acordaste e foste à janela. Mas tudo era diferente. Havia lá em baixo a mesma rua, as mesmas casas, as mesmas lojas de legumes e fruta, os mesmos quiosques de jornais, as mesmas pessoas fariam compras como habitualmente, trocariam com quem estava atrás do balcão as mesmas frases banais de "obrigado" e "bom dia".

E no entanto tudo era outro, como se tivesse mudado de repente e ninguém mais soubesse, a não seres tu.

Caminhavas com um segredo dentro de ti, que não era visível para ninguém mas transformava o mundo. Sim, o 28 continuava a passar, chocalhando nos carris, ainda servia os lisboetas em algumas zonas, e os turistas apanhavam-no por divertimento, como se ele pudesse levá-los até séculos passados. E agora outro elétrico, encarnado, que fazia o percurso das colinas de Lisboa, seguia atrás do 28, tilintando rua acima, enfeitado com pequenas bandeiras. E ali estava como sempre a estação dos correios da Praça de Camões, com portas e janelas encarnadas como todas as estações dos correios, e o mesmo símbolo, o postilhão a cavalo tocando uma trombeta. E as carrinhas que levavam crianças às escolas, os carros que entupiam as ruas parando e arrancando, os táxis que passavam àquela hora quase todos cheios, e por vezes paravam, atrapalhando ainda mais o trânsito quando o motorista se demorava a passar o recibo ou a devolver o troco.

E em baixo, nos Restauradores, para onde tinhas seguido a pé, quando olhaste para a Avenida da Liberdade e a começaste a subir pelos passeios largos, as árvores eram de um verde tenro e as folhas começavam a nascer, embora ainda estivéssemos no fim do inverno. Aqui e ali varredores metiam as ervas dos canteiros em sacos pretos de plástico, tão grandes que poderiam esconder um cadáver humano. E entre as árvores havia velhos sentados em bancos de jardim.

De ambos os lados da avenida sucediam-se lojas, não prestavas atenção aos letreiros das vitrines, a não ser num ou noutro caso, mas era fácil deduzir que anunciavam as novas colecções. E havia os mesmos hotéis de sempre, como o Tivoli, o teatro com o mesmo nome, o cinema São Jorge. E as esplanadas dos cafés, que ainda não tinham guarda-sóis abertos.

Mas tudo isso, tão igual a sempre, era diferente. O mundo transformara-se noutro, e só tu sabias. Por isso sorrias para ti própria, caminhando na rua numa espécie de estado de graça, como se nada ruim te pudesse atingir e a felicidade fosse uma coisa palpável, concreta, que levavas na mão, fechada dentro do bolso, e te pertenceria para sempre.

Tinhas entrado no amor como noutra dimensão. Ou num encantamento. Tudo era igual, mas tudo mudara. Sentias-te poderosa e a vida era fácil, como se nunca mais pudesse haver dificuldades nem obstáculos.

Eu ouvia-te, surpreendido. Despoletara esse poder em ti, mas não o possuía. Lamentava não partilhar contigo o dom de amar assim. Mesmo sabendo que era apenas uma ilusão em que caías. O objecto do amor era aleatório. Era a vibração, o incêndio que despertava no outro que importava. Qualquer homem por quem te apaixonasses te faria sentir o mesmo, porque essa era a tua forma de amar. Calhara ser eu. Só isso.

No fundo eu era irrelevante, ao contrário do que imaginavas.

Mas tu continuavas a falar, havia dias, semanas, meses. Parecia-me. Como se nada pudesse quebrar o encantamento nem interromper a tua voz. A cidade iluminava-se e tudo o que olhavas tinha relação comigo: o letreiro amarelo da *Pensão Josefina*, as residenciais baratas que anunciavam quartos com água quente, os letreiros sub-reptícios de *Zimmer, Chambres, Rooms* que esperavam por amantes furtivos que desapareceriam por detrás de portas, escadas, elevadores, cortinas de janelas.

Resplandecias, como se tivesses dentro uma luz. Porque o amor te iluminava. Se a tua voz fosse tão forte como o teu desejo espalhá-lo-ias aos quatro ventos, cantá-lo-ias sobre os telhados, gritá-lo-ias do alto das colinas, escrevê-lo-ias nas parangonas dos jornais. Se eu desaparecesse, pensei em sobressalto, vagamente aflito, o teu mundo ruía. Eu era a música interior nos teus ouvidos, o sopro na tua boca. Falavas de mim porque era de mim que estavas cheia. Estavas grávida de mim, verifiquei com espanto. Se continuasses a amar-me desse modo, eu nasceria. E seria grande como o mundo, porque era assim que me amavas, era essa a dimensão do teu amor por mim.

Assustei-me ao ouvir-te e preveni-te:

Não esperes grande coisa de mim, Cecília. Sou um homem errante, ou, se preferires, errático. Estou apenas de passagem. Sou mais velho do que tu e descobri por experiência que o amor não dura.

O amor não dura. Um dia acordamos e o encanto desfez--se. O mundo voltou a ser o que era. Ou seja, mais ou menos nada. É isso o que encontrámos, Cecília. O amor é uma ficção com que escondemos por algum tempo o vazio, dentro e fora de nós. Esta é uma experiência que nunca tiveste, mas vais conhecer um dia, inevitavelmente: o vazio. O nada.

Lamento que o vás encontrar através de mim. Um homem céptico, aberto à paixão, à alegria dos sentidos, mas incapaz de amar. Demasiado egocêntrico para o amor.

O amor gasta-se com o tempo e exclui a paixão. Ou a paixão exclui o amor. Esgota-se em si mesma, esgota o seu objecto e vai à procura de outro. Algo semelhante eu farei contigo, mesmo que deseje o contrário. Por isso te aviso: não me ames assim, Cecília. Ama-me só com o corpo, e mais nada.

No entanto quando eu te dizia coisas destas (e sei que as repeti até à saturação e ao cansaço) tu tinhas uma forma peculiar de não ouvir, como se o que eu dizia fossem apenas palavras.

Eras tão feita para o amor. Tão consciente de que eras desejável e tão feliz por sê-lo. O teu corpo era tenro e maduro como um fruto.

Lembro-me de que a moda da nova estação eram vestidos floridos. As vitrines das lojas, as imagens dos figurinos, as mulheres na rua estavam cobertas de flores. Como se tivesses contagiado o mundo à tua volta. As flores do teu vestido cresciam por todo lado e enchiam tudo, a alegria vinha de ti e espalhava-se como a luz.

A tua espantosa, indestrutível alegria. Não davas conta de que subvertias o mundo em teu redor, deitando fora o que achavas errado ou inútil.

Por vezes eu olhava-te com curiosidade, como se fosses um elemento exterior a um conjunto. Tinhas por exemplo uma forma peculiar de rir e de dançar, marcando o compasso com os pés no chão e batendo as palmas, para criar um ritmo que vinha do fundo de ti e te fazia ondular, a partir de um ponto central, a meio da coluna. Era aí que começavas a dançar, balançando as ancas como as mulheres africanas. O amor era simples e alegre, achavas.

Uma tarde, no Guincho, escreveste na areia molhada:

Eu, Cecília, decreto o fim da tristeza. E da melancolia.

Eu sorria do teu desembaraço, da tua recusa visceral em aceitar o que achavas morto e ultrapassado.

Mas as coisas não eram exactamente assim, também existia o outro lado, disse eu.

O outro lado. A melancolia, o spleen, o gume da faca, a chuva oblíqua que nunca vai deixar de cair, num país cheio de sol.

Pessoa, com o seu desassossego sossegado, que acabava na garrafa de aguardente e na embriaguez à mesa do café, em cartas ridículas a uma Ofelinha que provavelmente nunca leu Shakespeare e se conformou com ser Ofelinha, e nem ao menos foi capaz de se afogar no Tejo quando percebeu que o homem que por ela suspirava nunca iria passar da fase dos suspiros.

Que por ela suspirava, mas só em teoria, dizias tu. (E acrescentavas: aqui deveríamos abrir uns parênteses e suspirar também.)

A sua chávena de café, o cigarro, o cálice de aguardente, a monotonia dos dias, as ruas melancólicas da Baixa, a autopiedade do menino de sua mãe, a saudade do tempo em que festejavam o dia dos seus anos e ninguém que ele amasse estava morto. Pois. O spleen, a neurose, a melancolia. Ser ou não ser, numa versão mansa, à beira deste rio. Pessoa foi pouco ou nada em vida, o seu baú de sonhos ajuda-nos a encher o vazio, ou a ausência dos nossos. Estamos viciados como ele na embriaguez do que não foi, não tomou forma, não passou de esboço, de coisa inacabada, mas poderia ter sido todas as coisas do mundo. Pessoa é um baú inesgotável porque a nossa melancolia nos faz cair lá dentro e não achar saída. A poesia mortal, o gume da faca que revolvemos na carne. A ferida que não sara. A palavra.

A hesitação da palavra. Ele escreve à mesa do café, numa nuvem de fumo. E não escolhe para viver nem homem nem mulher, não escolhe uma mulher porque sonha talvez um homem – olha, Daisy, quando eu morrer irás contar àquele pobre rapazito que me deu tantas horas tão felizes – mas são horas imaginárias, essas horas felizes, está sentado à mesa do café e bebe outro cálice de aguardente, aceita não viver e transfere-se para o mundo fantástico da astrologia, do quinto império, da mística, da arte, das artes mágicas, desaparece na rua no meio de outras pessoas, tão pessoas como ele, todas elas cinzentas, de sobretudo, chapéu, óculos, casaco, contraídas pelo frio do inverno, atravessando uma rua sem nunca chegar ao fim da passadeira, todas elas com um pé adiante do outro, como se fossem finalmente dar um passo, um qualquer passo, contanto que fosse para algures e decisivo, mas ficam paradas, na fotografia, no meio da passadeira, com o vento – um vento fraco, sem sobressalto, a levantar-lhes, abaixo do joelho, a ponta do sobretudo ou do casaco.

A histeria abafada, que não se ouve nem se vê. Na vida só publicou um livro, que praticamente ninguém leu, passaram despercebidos os poemas saídos em revistas, os berros da *Ode marítima*, os gritos, o excesso, o alarme. Afogou-os no silêncio e no álcool, e até foi algum tempo funcionário atento, venerador e obrigado, em escritórios que abriam das nove às cinco. Em casa a mulher-a-dias, a Sr.ª Adelaide, deixava uma nota: "Senhor Pessoa, precisei de sair, está o jantar pronto…".

Quiseste que te fotografasse, exactamente como milhares de outras pessoas, sentada na cadeira de bronze, ao lado da sua estátua de óculos e chapéu, em frente da Brasileira. Com isso arrumavas por agora Pessoa, achavas que apegar-se a ele em demasia era uma doença tipicamente portuguesa. Era preciso conhecê-lo, atravessá-lo e passar adiante. Exportá-lo para outras línguas, outros continentes, fazê-lo chegar a outros leitores ainda em tempo útil, nesta era veloz da informação. Vingar em Pessoa os séculos que Camões esperou para ser lido (e nunca foi suficientemente lido), vingar em Pessoa todos os que, por falta de tradução, nunca conseguiram chegar além-fronteiras.

Uma cadeira inteligente, disseste sentando-te ao lado. Inteligentíssima. Todos os turistas lá querem ser fotografados.

Provavelmente nenhum dos turistas lê os seus livros, mas é um bom ex-líbris de Lisboa. Pode competir com o barco de São Vicente e os corvos, até porque os corvos não abundam por aqui.

A tua visão podia ser também assim: pragmática. Ou, segundo dizias, realista e útil.

No entanto não conseguias ser de facto realista. O amor, enquanto durava, transformava tudo.

E nada tínhamos a ver com os turistas. Éramos diferentes. Viajantes.

Os turistas vão à procura de lugares para fugirem de si próprios, da rotina, do stress, da infelicidade, do tédio, da velhice, da morte. Vêem os lugares onde chegam apenas de relance e não ficam a conhecer nenhum, porque logo os trocam por outros e fogem para mais longe. Os viajantes vão à procura de si, noutros lugares. Que ficam a conhecer profundamente porque nenhum esforço lhes parece demasiado e nenhum passo excessivo, tão grande é o desejo de se encontrarem.

As agências de viagens e os turistas só se interessam, obviamente, pelas cidades reais. Os viajantes preferem as cidades imaginadas. Com sorte, conseguem encontrá-las. Ao menos uma vez na vida.

Penso que uma vez na vida a sorte esteve do nosso lado e encontrámos a cidade que procurávamos. A Cidade de Ulisses.

2.
Em volta de Lisboa

Uma cidade construída pelo nosso olhar, que não tinha de coincidir com a que existia. Até porque também essa não existia realmente, cada um dos dez milhões de portugueses e dos milhões de turistas que por ela andavam tinha de Lisboa a imagem que lhe interessava, bastava ou convinha. Não havia assim razão para termos medo de tocar-lhe, podíamos (re)inventá-la, livremente.

No entanto a nossa vida não girava, como é óbvio, em volta da cidade, mas em volta de nós. Como toda a gente vivíamos o dia a dia, recolhendo impressões e sensações, por vezes sem quase dar por isso.

(O ruído da água batendo no paredão na beira do rio, o cheiro a maresia que chegava longe, na brisa, em manhãs de maré baixa, o barulho da rua na nossa casa da Graça, que não tinha vidros duplos nas janelas; o som de passos andando na calçada com desenhos a preto e branco, de basalto e calcário, onde por vezes nos apanhava de surpresa o assobio do amolador de tesouras, meia dúzia de notas alegres, em rápida corrida, deslizando numa fuga ascendente, uma espécie de pregão mecânico, agora que todos os outros, com excepção talvez de um raro cauteleiro, tinham desaparecido, o que era aliás um bom sinal dos tempos;

as cantarias nas paredes, quentes do sol num dia de verão;

o vento levantando pequenas ondas no rio, manchadas de espuma, a cor da água mudando, no rodar do ano;

os bandos de estorninhos ao fim da tarde no inverno, quando passávamos no Cais do Sodré, no Terreiro do Paço ou em Santa Apolónia, comendo castanhas quentes compradas a um vendedor ambulante e perdíamos um minuto ou dois a olhá-los, no seu voo sincronizado, a uma velocidade incrível, mudando constantemente de direcção como se estivessem loucos −)

Mas no instante seguinte já teríamos esquecido tudo isso, vivíamos à pressa, como toda a gente.

Lisboa era um pano de fundo, em geral desfocado porque a nossa atenção se dirigia para outras coisas, só por vezes se centrava na cidade.

Se agora imaginar um tempo contigo "em volta de Lisboa" é apenas como instrumento de trabalho, porque preciso de organização e de algum método. Mas sei que esse tempo nunca existiu assim, é agora que o invento reunindo fragmentos soltos, de modo a formarem um só bloco na memória.

A Cidade de Ulisses. O nome parecia-nos irrecusável. Havia pelo menos dois mil anos que surgira a lenda de que fora Ulisses a fundar Lisboa. Não se podia ignorá-la, como se nunca tivesse existido.

Havia aliás vinte e nove séculos que o rasto de Ulisses andava no imaginário europeu, a civilização helénica foi o berço da Europa, e ao lado da Bíblia judaico-cristã a *Odisseia* (muito mais que a *Ilíada*) foi, ao longo dos séculos, o outro grande livro da civilização ocidental. Tal como há uma "vulgata" bíblica há também uma "vulgata" homérica, e, num caso e noutro, uma série de histórias fora das "vulgatas" circularam em torno das personagens.

Segundo a lenda Ulisses dera a Lisboa o seu nome, Ulisseum, transformado depois em Olisipo através de uma etimologia improvável.

O que dava à cidade um estatuto singular, uma cidade real criada pela personagem de um livro, contaminada portanto pela literatura, pelo mundo da ficção e das histórias contadas.

Joyce partira do nada para escrever o *Ulisses*, Dublin estava completamente fora da rota imaginária da personagem de Homero.

Lisboa, pelo contrário, estava historicamente ligada à Grécia, às rotas marítimas e comerciais dos gregos. (Existem, ainda hoje, numerosos vestígios e peças de cerâmicas gregas em Almaraz, perto de Lisboa, além de noutros lugares, como Aveiro, Alcácer do Sal e Algarve.)

Sobre a relação de Ulisses com Lisboa não tínhamos portanto que inventar nada, já tudo tinha sido inventado havia dois mil anos, e essa história, porque tinha pés para andar, continuara a andar pelos séculos fora.

Que marcas do mito se encontravam ainda em Lisboa?

Na verdade, algumas: no Castelo de São Jorge a Torre de Ulisses, que já foi Torre do Tombo, onde escreveram Fernão Lopes e Damião de Góis; na Rua do Carmo a Luvaria Ulisses, sofisticada e pequeníssima, do tamanho de uma caixa de lenços; no Largo da Misericórdia a livraria Olisipo; a Ulisseia Filmes; a editora Ulisseia; e Fernando Pessoa fundara a editora Ulissipo, onde publicara o primeiro volume dos seus poemas ingleses, as *Canções* de António Botto e *Sodoma revisitada* de Raul Leal, e que logo depois falira. Não haveria talvez muitas mais memórias, pelo menos agora não estávamos a ver outras, mas registávamos pelo menos estas.

Entretanto Lisboa não guardara uma única marca de Caio Júlio César, como se ele, o grande divo imperial, nunca aqui tivesse estado, em augustíssima pessoa, no primeiro século da nossa era. Como se não tivesse amado a cidade, onde foi certamente feliz, ao ponto de a rebaptizar com o seu nome e chamar-lhe, em sua honra, Olisipo Felicitas Julia.

Lisboa esqueceu Júlio César e esses nomes de Felicitas Julia, mas não esqueceu Ulisses. Que obviamente nunca aqui esteve, desde logo porque nunca existiu. A sua inexistência era aliás tão forte que parecia até contaminar o autor do livro que, segundo alguns, também nunca existira, tinha sido outro ou outros a escrever a história.

Provavelmente foram os fenícios que fundaram Lisboa, quando aqui chegaram, pelo menos meio milénio antes de Cristo, para comerciar com a população ibérica nativa. No entanto o mito foi para os romanos mais sedutor que a História: ligar Lisboa a Ulisses era fazer esquecer os cartagineses (descendentes dos fenícios, no norte de África) que tinham tido o atrevimento de derrotar os romanos nas guerras púnicas e tinham estado antes deles em Lisboa. Prestigiava-se além disso com a aura da cultura grega uma cidade que tinha o mesmo estatuto de município das grandes cidades do império.

Os romanos tinham portanto interesse em espalhar o mito, que apoiavam nos numerosos vestígios da chegada até aqui da civilização helénica. Era fácil ligar esses vestígios a Ulisses, e efabular sobre uma Lisboa grega, anterior à romana, que começou em 138 a.C., de que existem numerosas ruínas e algumas se podem visitar até hoje.

A Lisboa de Ulisses não era portanto invenção dos nossos renascentistas, que retomaram o mito numa época em que a Antiguidade se tornara modelo e moda, muito menos era invenção nossa. Não tínhamos culpa de que por exemplo Estrabão tivesse escrito no século I, na *Geografia,* que Lisboa se chamava Ulisseum por ter sido fundada por Ulisses, que Solino e outros repetissem Estrabão, que Asclepíades de Mirleia escrevesse que em Lisboa, num templo de Minerva, se encontravam suspensos escudos, festões e esporões de navios, em memória das errâncias de Ulisses, que Santo Isidoro de Sevilha afirmasse no século VII que "Olissipona foi fundada e denominada por Ulisses, no qual lugar se dividem o céu e a terra, os mares e as terras".

Era apenas um mito, portanto mentira, mas pelos vistos até os santos mentiam, e Santo Isidoro não deixara por isso de ser santo. Ninguém portanto nos pedisse contas pelas palavras que chegavam até nós, vindas de tantas e tão ilustres bocas.

Sorríamos de coisas dessas. Que nos vieram à ideia de novo em Tróia, a península pequena e estreita onde chegámos uma manhã, na intenção de passar o dia na praia, depois de uma breve travessia no ferry-boat apanhado em Setúbal. A dois passos de Lisboa, Tróia parecia vir, pelo seu pé, juntar-se ao mito. Havia desde logo aquele nome inexplicável, Tróia, cuja origem se desconhecia. Claro que fora também Ulisses a chamar-lhe assim, ironizamos, sabendo que muitos outros tinham pensado isso antes de nós. Tróia, em memória da outra, de cuja guerra voltava.

Era fácil imaginar coisas dessas, numa praia quase deserta, num dia de Abril de sol e sem vento.

Desenhámos com um graveto na areia molhada a viagem de Ulisses: navegara pelo Mediterrâneo, ultrapassando o Estreito de Gibraltar (Colunas de Hércules, diziam os Antigos), contornando um pedaço do sul da Ibéria, passando pelo que depois seria o Algarve. Subiria ao longo da costa, talvez aportasse no que depois seria Alcácer do Sal ou logo a seguir no porto de Setúbal, chegaria a Lisboa, entraria a barra, subiria o rio desde a foz até ao Mar da Palha, onde o rio ainda salgado se espraia como um pequeno mar interior, que lhe lembraria o Mediterrâneo. E antes ou depois (mas provavelmente antes) de dar a esse lugar aprazível o seu nome, Ulisseum, teria navegado diante de Setúbal até Tróia, que então, na ausência do posterior assoreamento, ainda seria uma ilha.

Podíamos imaginar Ulisses explorando por terra a região de Lisboa, chegando a Sintra, indo até ao Cabo da Roca (Ofiúsa para os Antigos) no extremo mais ocidental da Europa, e a partir daí olhando o Atlântico. Tinha chegado ao fim do mundo conhecido, chegara até ao início do grande Mar das Trevas. Menos azul que o Mediterrâneo, não familiar, estranho, pensaria Ulisses olhando o Mar das Trevas, que outros navegantes iriam um dia atravessar, e a seguir ao Atlântico chegariam ao Índico e ao Pacífico. E, vinte e quatro séculos depois de a *Odisseia* ser passada à escrita, um poeta aventureiro, que se envolvia em rixas em Lisboa e andara embarcado por África e Ásia, teria o desplante de se sentar no lugar de Homero, e de escrever, por sua conta e risco, essa epopeia.

Também nós olhávamos agora o Mar das Trevas onde tínhamos ido nadar, e que se mostrava azul e tranquilo, com pequenas ondas que traziam pedaços de espuma.

Ali estávamos ao sol, plantados na praia, num lugar que há milénios se chamava Tróia, onde podíamos imaginar na areia as pegadas de Ulisses, como se procurássemos pegadas de dinossauros. Com a diferença de que os dinossauros existiram, havia até jazidas fósseis com as suas pegadas não muito longe dali. Mas nunca tinham existido as pegadas de Ulisses, e na areia só ficava o rasto das nossas pegadas, porque não havia mais ninguém na praia.

Fomos ainda nessa tarde, em Tróia, visitar as ruínas. Sabíamos que eram de uma próspera povoação romana que aí existiu nos séculos I e II da nossa era, dedicada sobretudo à salga de peixe e à preparação de garum, molho muito apreciado nos banquetes, que dali seguia para Roma em ânforas enormes.

Nas fotografias vestes calções de ganga e uma T-shirt branca. Em algumas tiraste o chapéu de palha e o teu rosto surge à luz em grande plano. Há ainda algumas de nós ambos no meio das ruínas, tiradas por um visitante, provavelmente arqueólogo (que por ali andava como nós mais ou menos clandestinamente, porque as ruínas não estavam então abertas ao público), a quem pedimos que carregasse no botão e disparasse.

Uma delas sobretudo agradou-me e ampliei-a várias vezes, antes de a colocar na parede do ateliê: caminhamos de mãos dadas, como se avançássemos em triunfo sobre uma cidade devastada.

Foi esse o ponto de partida de um dos quadros que pintei na altura: um homem e uma mulher muito jovens avançando entre ruínas, que lhes são totalmente indiferentes. Em contraste com tudo o que aparece derrubado (em volta há uma cidade arrasada), eles são figuras de afirmação e júbilo, um homem e uma mulher nus e amorais, que reclamam o direito de ser felizes a qualquer preço, e desafiam as circunstâncias, as convenções, os outros, a sociedade, a vida, a enviarem contra eles todos os navios e exércitos do mundo.

Em Tróia com Helena, foi o título que dei ao quadro.

Mais tarde fiz uma escultura com o mesmo título, um casal de jovens fazendo amor na praia. (Tróia estava deserta, nesse dia de Abril, e também nós tínhamos feito amor na praia.) Na escultura fixei o momento em que ele se inclina sobre ela, está ainda meio sentado de lado, mas já as pernas de ambos se misturam e o mar lhes vem cobrir os pés. Os cabelos dela na areia.

A história da *Odisseia* era universal e intemporal, nunca acabaria de ser contada, nunca poderia acabar de ser contada.

A viagem de Ulisses era a vida de todos nós, qualquer um podia identificar-se com Ulisses. A primeira palavra, abrindo o livro, era a palavra "homem".

Podíamos ler a *Odisseia* como o primeiro romance europeu, matriz de todos os que vieram depois.

A história assentava como uma segunda pele no imaginário de Lisboa:

Ulisses parte para a guerra e para o mar, deixando para trás a mulher e um filho.

Ao longo dos séculos também nós vivemos essa história de mulheres esperando, sozinhas, de filhos crescendo sem pai.

Foi assim nas cruzadas, nos Descobrimentos, na guerra colonial, na emigração, até ao século XX.

Fora da "vulgata" homérica, outras versões podiam ser igualmente histórias nossas:

Penélope ouve rumores sobre a morte de Ulisses e corre a afogar-se no mar. Mas é salva por pássaros, provavelmente gaivotas, que a trazem até à praia;

Penélope cansa-se de esperar por Ulisses e cede aos pretendentes, sobretudo a um deles, Anfínomo. Ulisses regressa e mata-a, ao saber dos seus amores com Anfínomo;

Ulisses regressa a Ítaca mas torna a partir abandonando Penélope, desolado com a sua infidelidade;

Penélope cansa-se de esperar por Ulisses e deita-se com os cento e vinte e nove pretendentes. Desses amores nasce o grande deus Pã;

mas não existia nenhuma versão em que Penélope escolhesse um dos pretendentes, que se tornaria rei de Ítaca, e ela rainha a seu lado.

E em nenhuma versão se tornava ela própria rainha de Ítaca, no lugar de Ulisses, dissemos. No entanto seria provavelmente assim que hoje contaríamos a história.

A ausência de Ulisses roubou a vida a Penélope (na versão fiel). Mas também roubou a vida a Telémaco, que nunca teve espaço para crescer e tornar-se adulto. Ulisses ocupou todo o espaço, só ele existiu, mesmo na ausência. Só ele foi rei. Mas vinte anos depois já não é rei por direito próprio, tornou-se o usurpador, o que vem roubar o trono do seu filho. Que entretanto deveria ter libertado a mãe dos pretendentes, ser ele próprio rei, ter por sua vez uma mulher e um filho. Ulisses não teria lugar quando voltasse, a não ser como súdito do seu filho.

Mas essa versão também não existia. Telémaco não fez mais do que ajudar o pai a recuperar o poder para si próprio, como se o tempo não tivesse passado. Ulisses exige controlar tudo, ser o senhor de tudo, até do tempo.

Curiosamente no entanto havia outra versão, que parecia responder à anterior:

Ulisses foi morto por seu filho. Não por Telémaco, porque Telémaco nunca cresceu, mas por Telégono, filho de Ulisses e de Circe. É a mão de Telégono que vem fazer justiça, porque o crime de Ulisses para com Telémaco não tem perdão. (Embora essa versão adoçasse a história e dissesse que a justiça tinha sido feita por acaso.) Depois de matar Ulisses Telégono casa com Penélope, a primeira mulher de seu pai, e ambos partem levados por Circe para a Ilha dos Bem-Aventurados.

Dizíamos coisas dessas, numa praia de Tróia, ao sabor do vento. Conversas que pareciam soltas, divagações. Mas eram (ou podiam ser) histórias nossas. Histórias do país e de Lisboa.

Mais tarde pensei ainda outras coisas, que não te contei na altura:

A história de Ulisses falava do amor dos homens e das mulheres, da casa que constroem, da aventura arriscada de viverem juntos. Dos álibis que os homens inventam para recuperarem a sua liberdade por inteiro.

Assim Ulisses encontra na guerra de Tróia um álibi perfeito para abandonar Penélope. A mulher, o filho e a ilha de Ítaca tornaram-lhe a vida demasiado estreita, está cansado do quotidiano doméstico e anseia por fazer-se ao largo, em busca de aventuras. Tem saudade do mundo forte dos homens, do mundo sem mulheres que é o mundo da guerra. Não porque deseje como Aquiles o amor e o sexo com outro ou outros homens, mas porque a vida familiar se tornou para ele sufocante. Claro que esconde o seu desejo com palavras habituais e masculinas: dever, honra, lealdade e outras semelhantes. Mas na verdade ele não trocaria a guerra por nada neste mundo, Tróia é um objectivo irresistível. Haverá, como é evidente, perigos, ciladas, inimigos, traições, mortes e naufrágios, mas ele aceita todos esses riscos em troca do direito de deixar Penélope e partir.

Ela não lhe basta. Não por culpa própria, mas porque nenhuma mulher lhe bastaria. Ela é aliás a mulher perfeita para Ulisses. Por isso ele acabou por preferi-la a Helena, sua primeira escolha. Em lugar de Helena, Ulisses casa com Penélope, prima de Helena, mais sensata embora menos bela, mas também ela filha de rei e oportunidade de um casamento economicamente vantajoso. Penélope é a segunda escolha de Ulisses, uma escolha prudente. Porque Helena é demasiado bela, demasiado difícil de conservar no seu leito. Escolher Helena significaria lutar sem tréguas contra o desejo dos outros homens, que incessantemente a cobiçam. A sua beleza é um risco demasiado grande. Mas Penélope é menos bela. Nunca iria como Helena abandonar o marido e a casa e partir com um jovem amante para uma terra estrangeira. Por isso Ulisses a prefere.

Mas depois abandona Penélope e parte para Tróia, em busca de Helena. Não para si próprio, jura, mas para a devolver a Esparta e ao marido.

Mas é por ela que luta, é por ela que inventa o estratagema do cavalo de madeira e entra ele próprio no bojo do cavalo, é por amor dela que se abrem à traição as portas e a cidade é tomada. E depois é Ulisses que defende Helena, que os gregos querem apedrejar, e antes de a levar para o navio e de a devolver à Grécia foge com ela e vivem ambos uma hora de amor. Realiza portanto, embora fugazmente, o seu desejo: uma hora de amor com Helena. Só depois vai voltar para Penélope, regressar à realidade quotidiana.

Quando pintei *Em Tróia com Helena* toda a gente, do galerista ao comprador do quadro, supôs que a figura masculina era Páris. Mas eu sabia que era Ulisses com Helena, a caminho da sua hora de amor, nas ruínas de Tróia devastada. Na escultura que fiz depois registei noutra forma esse momento. Colhi aqui e ali alguns dados (Penélope, prima de Helena e menos bela, é de facto numa das versões a segunda escolha de Ulisses) mas no essencial esse mito inventei-o eu. Em nenhuma versão Ulisses viveu em Tróia uma hora de amor com Helena.

Mais feliz que Ulisses, eu vivi essa hora de amor em Tróia. Porque também eras Helena, eras todas as mulheres, Cecília. Se as pintasses, terias também a figura de Circe e das sereias.

As sereias. Faziam parte do universo de Ulisses e do imaginário de Lisboa. Há por exemplo um capitel com sereias na igreja da Madre de Deus, e a mitologia de seres fantásticos do mar aparece na nossa ourivesaria dos séculos XV e XVI. Plínio, que esteve na Ibéria no século I, relata que uma embaixada foi enviada de Lisboa ao imperador Tibério, expressamente para o informar de que em determinada gruta fora avistado e ouvido um tritão a tocar no seu búzio. Seria provavelmente, refere no século XVI Damião de Góis, numa furna perto de Colares, que fica inundada quando a maré sobe. O som das vagas rebentando ressoaria na furna, com um estampido tão forte "que o povo continua a dizer que é o som do búzio do tritão, que em tempos lá foi visto".

Porquê a embaixada a Tibério? Para que ele conhecesse a imensa variedade dos seus súditos? Para que quem capturasse o tritão lhe pagasse tributo?

Essas interrogações pareciam respondidas num documento antigo que encontrámos: "E se porventura alguma baleia ou baleato ou *sereia* ou coca ou roaz ou musaranha ou outro pescado grande que se assemelhe a algum destes morrer em Sesimbra ou em Silves ou noutros lugares da ordem de Santiago, que o rei receba deles o seu direito."

Eram histórias fascinantes, sobretudo a das sereias, e proliferavam desde a Antiguidade também noutros países da Europa medieval e romântica. Provavelmente a lenda assentaria em avistamentos de focas-monge ou lobos marinhos ("monachus monachus"), espécie hoje extinta na nossa costa mas existente ainda na Madeira. O som que emitiam seria provavelmente o famoso canto que seduzia e perdia os marinheiros.

Embora na narrativa de um cruzado inglês do século XII que tomou parte no cerco de Lisboa, o canto das sereias, quando o navio em que vinha se aproximou da Ibéria, nada tivesse de sedutor:

"Ouviram-se então sereias de voz horripilante, primeiro como de pranto, depois como de riso e gargalhadas, semelhantes a clamores de um arraial que nos insultasse."

Os seres fantásticos marinhos apresentavam-se de diversas formas. Os que segundo Damião de Góis ainda andavam por Colares e Sintra dispensavam a cauda de peixe, embora fizessem gala na sua pele escamosa, "vestígio da sua antiga raça"; saltavam do mar para vir roubar fruta, eram vistos a devorá-la com avidez, a comer peixe cru ou a aquecer-se ao sol. E havia relatos de que à aproximação dos humanos se atiravam às ondas e fugiam, ora rindo às gargalhadas ora com gritos de pavor.

E havia narrativas como a de Dona Marinha, trazida pelo mar, e de um cavaleiro que se apaixonou por ela e a desposou e dela teve um filho. E em tudo ela, que também dispensava a cauda de peixe, era igual ou superior às mulheres, mesmo em formosura, só que não falava. Desesperado com a sua mudez, o marido mandou acender uma fogueira e fingiu que para dentro das chamas era lançado o menino. Então Dona Marinha soltou tamanho grito que um pedaço de carne lhe saltou da boca e desde então lhe foi solta a língua e passou a falar, e foi em tudo igual a uma mulher. E viveram felizes para sempre.

O mar trazia-nos portanto estranhas criaturas: sereias que se pescavam, tritões ou homens marinhos, e mulheres marinhas, variantes lindíssimas das sereias, por quem os homens se apaixonavam.

E Lisboa era um lugar de onde se enviavam embaixadas. Primeiro ao imperador romano e mais tarde aos Papas, a informá-los da existência de criaturas nunca antes vistas.

O que nos interessava nessas lendas era o choque e a dificuldade das relações entre dois mundos. Segundo Damião de Góis, tínhamos capturado com ardis homens marinhos que, depois de amansados, foram habituados a um género de vida doméstica.

O que significava aparentemente que, a nível do imaginário, teriam sido usados no nosso interesse, para nos servir, depois de os retirar do seu habitat e forçar a viver no nosso. Provavelmente considerar-se-ia isso normal, ou até uma acção "civilizadora".

Estas histórias fantásticas antecipavam o que depois aconteceu com as navegações, a partir do século xv. Encontrámos, atravessando os mares, outras criaturas (não marinhas, mas que também nos chegavam do mar, através do mar) e eram até aí desconhecidas. Verificámos que, ao contrário do que estava escrito e ilustrado em livros muito antigos, não havia criaturas acéfalas, isto é, sem cabeça e com olhos no peito, nem com cabeça de cão, ou com um único pé, tão grande que todo o corpo cabia à sua sombra, e com ele corriam em grande velocidade. Esses seres não existiam, ao contrário do que desde a Antiguidade se escrevia e pensava. Mas existiam outros, não menos estranhos, de outras cores e raças. Havia "selvagens" que andavam nus ou quase nus, e tinham o corpo coberto de pêlos. Eram "o outro", o diferente de nós, o que nos causava estranheza. Teriam alma? Seriam, como nós, humanos? E como lidaríamos com eles, o que faríamos com eles?

De novo Lisboa enviou embaixadas, desta vez ao Papa, para que o Papa os interpretasse, entendesse e definisse. Eram selvagens, a meio caminho entre o animal e o humano?

Ou eram humanos? E teriam alma?

O Papa decidira que tinham alma, deveriam portanto ser cristianizados, e para esse bem supremo todos os métodos se podiam aplicar, desde que concorressem para tão alto fim.

Na verdade usámos sempre que pudemos esses seres humanos para os explorar em proveito próprio, vendendo-os como escravos ou usando-os como força de trabalho. Sobretudo os africanos, porque os índios eram considerados menos aptos para trabalhar, e os orientais tinham mais armas e defendiam-se melhor contra nós.

No século xv Portugal e Espanha estiveram na vanguarda das grandes navegações, e no Tratado de Tordesilhas apressaram-se a dividir avidamente entre si o planeta: metade para mim, metade para ti. Naturalmente o Tratado desfez-se em pedaços com as navegações dos que logo correram a aparelhar-se e vieram assim que puderam, aprendendo as nossas técnicas náuticas e introduzindo além disso o que nós nunca tivemos, uma espantosa organização: a partir do século xvi ingleses, flamengos, holandeses lançaram-se na corrida, seguidos por outros países da Europa. A escravatura estendeu-se à América do Sul e do Norte e durou até ao século xix e o colonialismo europeu até ao século xx. Portugal foi o primeiro país europeu a fazer o comércio dos escravos, e o último a deixar de ter colónias, no século xx. Embora fosse o primeiro a abolir a escravatura (em Portugal e na Índia em 1761, e em todas as colónias em 1869). E também foi pioneiro na abolição da pena de morte, em 1867.

A partir do século xv, a Europa julgava-se numa posição superior, porque tinha sido ela a fazer a viagem até outros povos e continentes. Não dava conta de que fora perturbar a sua existência, quebrar a sua cultura, as suas crenças, o seu modo de ver o mundo. E o que lhes dava em troca? Mas quem se interessava por dar ou trocar, equitativamente? A lei era a do mais forte, ou seja, do que tinha melhores armas e arrecadava tudo o que podia.

E também nos enganávamos ao pensar que éramos o centro do mundo, e eles a periferia. O mundo era redondo, qualquer lugar, a partir do qual se olhasse, podia ser o centro: a Europa ou a América, a África, a Ásia.

Mas o eurocentrismo parecia então inquestionável, porque a Europa era o lugar onde a viagem começava, e o ponto de vista a partir do qual se escrevia a História. Fora da Europa havia "os outros", "o outro", aquele de quem se falava ou sobre o qual se escrevia, mas nunca era o sujeito da fala nem da escrita.

Foram colonizadores todos os países europeus que conseguiram sê-lo, nos séculos seguintes, e todos cometeram em relação aos não europeus os mesmos erros. Não houve europeus inocentes, nessa história. E pretender que uns foram melhores que outros é pura hipocrisia.

Mas quinhentos anos depois o mundo evoluíra, realmente? Tinhas esperança de que sim, mas eu achava que não. Continuava a haver formas de exploração e colonização, embora mais subtis e encapotadas. A espécie humana não era grande coisa. E Lisboa era porventura um bom lugar para pensar nisso.

Situada no Extremo Ocidente, entalada entre o mar e a Espanha, tão amiga quanto inimiga, Lisboa procurou no mar uma saída. E partiu. O verbo "partir" fazia parte de nós, era o lado do desejo, da insatisfação, da ânsia do que não se tinha.

Imaginávamos facilmente Lisboa levando e trazendo, porto de passagem. Assimilando o que não conhecia, tornando parte de si o exótico, o ex-óptico, o que está para lá do que os olhos podiam alcançar.

Novos animais e plantas foram dados a ver a uma Europa ávida de novidades e passaram a fazer parte de Lisboa. Dürer tinha feito aquela célebre gravura do rinoceronte a partir de uma carta que descrevia um rinoceronte que Portugal pretendia oferecer ao Papa, e conta minuciosamente, na sua segunda viagem a Flandres, o contacto com feitores e comerciantes portugueses que lhe ofereceram três papagaios. Há um pequeno rinoceronte de pedra num cunhal da Torre de Belém, e num projecto não concretizado de Francisco de Holanda para fontes a construir no Rossio a água jorraria da tromba de vários elefantes. Através de Lisboa e de navios portugueses uma profusão de objectos preciosos e raros forneceram nos séculos XVI e XVII muitas das colecções privadas de cortes europeias. Estes *Kunst-und Wunderkammer* eram uma espécie de enciclopédia viva, com os produtos mais invulgares da natureza e do homem, que prestigiavam os seus proprietários como sinal de erudição e de riqueza, e eram mostrados aos visitantes ilustres, para seu espanto e admiração.

Lançados com sucesso ao mar, nos séculos XV e XVI fomos acometidos por uma espécie de bulimia geográfico-marítima. Um pequeno país de 89 mil quilómetros quadrados, com uma população de um milhão de habitantes em 1415 (desceria para 900 mil em 1450), colocou padrões de pedra, símbolo da sua presença e do seu domínio, numa área vastíssima do planeta, embora em alguns casos se limitasse à orla costeira e pouco avançasse para o interior. De qualquer modo a área navegada era imensa, do Atlântico ao Índico e ao Pacífico. Os títulos de D. Manuel proclamavam-no "em África, senhor da Guiné, e da conquista e da navegação da Etiópia, Arábia, Pérsia e Índia"; o globo terrestre nas suas armas, característico do estilo "manuelino", representa plástica e simbolicamente essa pretensão de abarcar o mundo.

Mas a época de abundância em que o ouro corria em Lisboa durou sessenta anos: de meados do século XV ao começo do XVI. Nessa altura acreditou-se que chegariam nos barcos tesouros sem fim, escravos, ouro, especiarias, tecidos, a cidade floresceu, encheu-se de ostentação e luxo, tornou-se cosmopolita. A ela acorriam representantes dos grandes banqueiros e dos grandes comerciantes da Europa e agentes secretos de outros países, também em busca de riqueza fácil, que procuravam informações sobre as rotas e os produtos.

Mas a péssima gestão e os gastos excessivos levaram o país à beira do colapso. D. João II e D. Manuel I, em reinados sem guerras e de abundância extrema, deixaram dívidas.

Outros europeus entraram em competição connosco no comércio e ganharam. Não soubemos gerir nem organizar-nos, soubemos envaidecer-nos e esbanjar.

A Feitoria da Flandres por exemplo acabou por ser fechada, e em 1549 o país perdeu o crédito em Antuérpia, hipotecando os lucros das exportações dos anos seguintes. Em pouco tempo o valor dos juros duplicou.

Havia fome em Lisboa e era à Flandres que se iam comprar cereais, com juros altíssimos, mas mesmo assim o pão faltava. Vendiam-se padrões de juros, adiavam-se pagamentos e pediam-se cada vez mais empréstimos. Vivíamos muito acima das nossas posses, e em lugar de produzir riqueza íamos a outros lados procurá-la feita. Foi assim que fizemos com África e a Índia.

E o mesmo sucedeu depois, noutro período de aparente abundância igualmente malbaratada, com o açúcar, o ouro e as pedras preciosas do Brasil, nos séculos XVII e XVIII. O país vivia numa contínua fuga para a frente.

Em 1557 Garcia de Resende apontava a falta de bons governos – esse mal acompanhou-nos cronicamente, embora não tivesse de ser assim.

Íamos procurar o longe, descurando o que ficava perto. O país despovoava-se, não havia braços nem vontade para cultivar nem pescar e era demasiado caro o esforço contínuo da guerra, porque a expansão se fazia pelas armas. A "glória de mandar" desfez-se rapidamente em vaidade e espuma. O Velho do Restelo foi sempre criticado e mal-visto, e ninguém aproveitou uma única palavra do que ele disse.

Mas era curioso pensarmos em Lisboa que, no meio da história violenta, nossa e do mundo, houve épocas de tolerância em que diferentes culturas e religiões viveram pacificamente lado a lado.

No século XII por exemplo três religiões coexistiam na Lisboa árabe (que se chamava Al-Lixbuna). Muçulmanos, judeus e cristãos conviviam num pequeno espaço. O que pareceu intolerável aos cristãos da Europa e incitou cruzados ingleses, alemães e holandeses a juntar-se ao exército do primeiro rei dos portugueses, que queria estender para sul o pequeno condado havia pouco transformado em reino:

"A causa de tamanha aglomeração de homens era que não havia entre eles nenhuma religião obrigatória; e como cada qual tinha a religião que queria, por isso de todas as partes do mundo os homens mais depravados acorriam aqui como a uma sentina, viveiro de toda a licenciosidade e imundície", escreve o cruzado inglês que narrou em latim o cerco de Lisboa. Mas na verdade os cruzados puríssimos que diziam aqui vir repor a fé de Cristo, introduzida séculos atrás pelos romanos, eram movidos pela cobiça do saque da cidade rica, que em nada os decepcionou. E a fé de Cristo não os impediu de cometer atrocidades, como decapitar o bispo cristão que aqui vivia, para o substituir por um bispo inglês (um bispo era uma boa pedra no tabuleiro do xadrez religioso-político, e convinha sempre deixar uma boa pedra representando o seu país num tabuleiro estrangeiro).

Apesar de tudo os muçulmanos que depois ficaram na cidade passaram a ter basicamente os mesmos direitos dos cristãos, desde que pagassem tributo, do mesmo modo que anteriormente os cristãos pagavam tributo na cidade muçulmana. Dedicavam-se sobretudo à agricultura e viviam na Mouraria, como os judeus na Judiaria. Voltou a haver, apesar da separação em bairros, relativa tolerância durante a Idade Média, e foi graças a ela que nos séculos seguintes a cidade e o país prosperaram. O avanço cultural e científico que permitiu as grandes navegações e foi a parte bela e positiva das Descobertas teve um contributo, desde séculos anteriores, de árabes e judeus. E a profusa mistura que é cultura portuguesa terá sempre que incluí-los.

As grandes navegações do século XV, do ponto de vista científico e tecnológico, implicaram um enorme passo em frente. Foi preciso desenvolver a matemática, a astronomia, a ciência náutica, modificar a forma e a vela dos navios, saber orientar-se noutro hemisfério, com novas constelações de estrelas. Escrevemos, no século XV, tratados de construção naval, aperfeiçoámos os navios, nos estaleiros junto de Lisboa, surgiu a primeira escola portuguesa de cartografia, conseguimos calcular com exactidão a latitude, cuja escala no século XVI introduzimos nas cartas e mais tarde outra, aproximada, de longitudes (só no século XVIII se chegaria com exactidão ao cálculo da longitude). Adquiriram-se novos conhecimentos na zoologia, botânica, medicina, farmacologia, estudo das línguas, etnologia, geologia. Não estivemos sozinhos nesse empreendimento, mas a nossa parte não podia ser ignorada.

No entanto quantos portugueses e quantas pessoas no mundo conheciam por exemplo a *Suma oriental* (1515) de Tomé Pires, os *Colóquios de simples e coisas medicinais da Índia*, de Garcia de Orta, os livros de matemática de Pedro Nunes, a gramática do tupi do Padre Anchieta, a *Peregrinação* de Fernão Mendes Pinto, tão moderna que vê com relativa neutralidade a nossa saga marítima e questiona, no século XVI, a relação do servo e do senhor?

Quantas pessoas leram os nossos livros de viagens, que contribuíram para mudar a forma de olhar o mundo? E quantas saberiam que existíamos como país desde 1143, com as mesmas fronteiras desde 1297?

A tolerância em Portugal foi intermitente. Muçulmanos e judeus foram alvo de perseguições entre 1496 e 1498, e em 1506 dois mil judeus foram massacrados diante da igreja de São Domingos em Lisboa. E entre 1536 e 1821 tivemos a Inquisição, que se alargou aos territórios portugueses.

Os primeiros autos de fé datam de 1540, e até ao século XVIII eram espectáculos a que o povo acorria, no Terreiro do Paço e no Rossio.

Essas realidades doíam, a História (nossa e do mundo) parecia-nos feita de pequenos passos em frente e de enormes retrocessos.

Em muitas coisas tínhamos tido bons começos: as primeiras cortes em que entrou o povo datavam de 1254, a primeira universidade de 1290.

Mas a tendência para oligarquias e absolutismos era pertinaz. Na época áurea de D. Manuel só se reuniram cortes três vezes, em vinte e cinco anos de reinado. E só em 1834 o absolutismo acabou (para depois do primeiro quartel do século XX surgir uma ditadura de 48 anos).

E desde o século XVI praticamente nunca mais as contas públicas se acertaram, a não ser por períodos muito breves;

de forma duradoura só se conseguiu o seu acerto em ditadura, à custa de um imenso sofrimento e de uma enorme atrofia noutros campos.

No decrépito Pátio dos Quintalinhos, na Rua das Escolas Gerais, verificávamos que o lugar da primeira universidade nem sequer estava agora assinalado. O património cultural e arquitectónico tendia para um estado crónico de indiferença e abandono.

Morávamos na Graça, um bairro popular de pequenos cafés, mercearias, lojas de fruta, vizinhos. (Alguns famosos, como Maria Keil ou Sophia, que também como nós amava a Grécia e morava logo ali, na Travessa das Mónicas.) Um lugar privilegiado, onde bastava caminhar um pouco para de repente se estar na Mouraria, em Alfama, no Castelo ou na Baixa.

Onde ainda era possível ir à padaria buscar pão quente, à hora da fornada, e saber o nome dos empregados do café que se apressavam entre as mesas, segurando tabuleiros em equilíbrio instável, e gritavam para trás do balcão: "Sai uma bica!". Ou dizer a alguém desconhecido, na mercearia ou na paragem de autocarro: "Que frio está hoje!", sem a frase ser interpretada como avanço sexual ou sintoma de loucura.

Percorri contigo as vilas operárias, a Vila Bertha com as suas varandas de ferro cheias de flores, ou a Vila Maria, contei-te que na Vila Sousa foi filmado *O pátio das cantigas* e mostrei-te um pedaço do filme onde "aquele" candeeiro figurava.

Gostavas das pequenas lojas, dos cafés, das mercearias, da alfaiataria *San Giorgio*, com o seu chão empedrado a preto e branco como a calçada da rua e as suas vitrinas debruadas de branco. E lembro-me de te teres interessado pelo bairro Estrela de Ouro e pelo industrial de pastelaria que escrevera o seu nome em grandes letras na fachada da fábrica e deu a ruas o nome da mulher ou das filhas, Josefa Maria, Rosalina ou Virgínia. Interessou-te esse Agapito. Provavelmente, dizias, alardeava o seu nome porque queria vingar a sua modesta origem galega, resgatar com o seu sucesso todos os que durante séculos tinham andado por Lisboa, de costas curvadas sob o peso de barris de água, mercadorias e bagagens, como se servir de burro de carga fosse sina dos galegos que para aqui vinham na esperança de melhores dias, porque quem espera sempre alcança, nem que seja um coice na pança, e era isso o que em geral levavam da vida, um bom coice na pança, mas o Agapito escapou e fez um manguito ao destino. Tinha uma fábrica de bolos, uma pastelaria na Baixa também chamada *Estrela de Ouro*, que era o nome de tudo o que o cercava, porque ele louvava a sua boa estrela (provavelmente maçónica, era um ponto que irias também verificar). Construíra no início do século xx um bairro para os operários com 120 fogos, e para si uma casa com jardim e capela. Aliás separada do bairro operário, fiz-te notar, mas aí tu achaste que em Portugal, onde a corrupção grassava e se faziam fortunas colossais em segredo, o trabalho à vista de todos e o esforço compensado não eram socialmente bem vistos.

O patrão, de uma maneira ou de outra, era sempre o mau da fita porque a inveja era uma praga nacional. Pois irias informar-te sobre o Agapito, como fizera fortuna, quanto pagava aos operários, quanto pagavam eles pela renda das casas, que nada tinham de miserável, poucas décadas depois até eram disputadas pela classe média. E a casa dele nem tinha nada de mais, não era um palácio nem uma mansão, apenas uma boa casa com jardim e quintal. E aquele pequeno lago de pedra em frente à entrada, talvez de mau gosto, era pelo menos ao gosto de Agapito e não estorvava ninguém, nem a capela. Era possível que ele falasse mal e nem soubesse gramática, mas até fez mais pela cultura do que muitos intelectuais bem falantes e ministros. Construiu no bairro um cinema, o *Royal* (agora infelizmente transformado no nosso supermercado), que também os operários frequentavam (a verificar, disseste, se com bilhetes a preço reduzido), e foi lá que se estreou o primeiro filme sonoro que em Portugal se viu, até lá esteve o presidente da República, que provavelmente não contribuiu em nada para a ocasião, nem sequer partiu um ovo para os bolos do Agapito.

Do boi só se perdia o berro e também do Agapito não se perdeu grande coisa e muito se aproveitou. A começar pela sua história, que irias investigar até que ponto poderia ser de proveito e exemplo.

Claro que davas valor às lutas operárias e te lembravas delas ao passar pela casa de Angelina Vidal ou pela Rua da Voz do Operário, mas essas lutas não eram contra os Agapitos deste mundo. Ou pelo menos não as vias assim.

Mas acabaste por não investigar o Agapito, encontraste à primeira vista poucos dados, aparentemente ninguém se interessara por ele. E afinal de contas não eras socióloga nem historiadora. Nunca mais falámos do Agapito, nem dos industriais dos outros bairros, nem de um outro, muito anterior, que encontraste uma vez no museu da Madre de Deus e contara a sua história em peças de cerâmica, referindo-se a si mesmo como "o próprio", e a princípio também te despertou curiosidade. O próprio viera do nada e depois de muito trabalho montara uma pequena fábrica, e acabara por subir na vida. Mas aparentemente essas histórias aqui não interessavam a ninguém.

A riqueza era gasta em bens não reprodutivos, durante séculos os reis e a aristocracia eram comerciantes e gastavam em ostentação tudo o que podiam. Em Lisboa e arredores havia uma série de palácios reais e um número impressionante de palacetes, alguns extremamente belos, que acabaram por ser quase sempre mal adaptados a outros usos, e alguns se foram deixando arruinar.

Achavas as igrejas tristes e os santos espectrais, com os seus mantos de cetim desbotado e as suas caras sofridas. Logo ali ao pé de nós o Senhor dos Passos, vergado ao peso da cruz, com a coroa de espinhos, o longo cabelo e a face pálida, era desolador. Ou a imagem de Santa Justina na igreja de Santo António da Sé, deitada num caixão de vidro como se acabasse de ser desenterrada. Detestavas esse gosto do sofrimento e do macabro, os relicários com ossos e caveiras, o memento mori. Contei-te que em épocas passadas se fazia em Lisboa a cerimónia da exibição de cadáveres em dia de finados, no convento de São João de Deus. Os cadáveres eram encostados à parede e enfeitados com ramos de louro; e havia a cerimónia do desenterramento dos ossos, e os altares da Confraria das Almas.

Mas tu rias e fugias das igrejas. Sim, podiam ser ricas e belas, românicas, góticas ou neoclássicas, mas a riqueza que exibiam aproveitava a quem? E havia demasiadas, deveria ser difícil encontrar no mundo maior densidade de igrejas por metro quadrado do que no centro de Lisboa.

Preferias o ar livre, os jardins, junto de nós por exemplo o jardim em frente do miradouro, com a sua pequena estátua de Flora, o seu lago redondo de dimensão modesta, os velhos sentados nos bancos, nas manhãs de sol, e uma ou outra mãe levando a passear uma criança.

Dizíamos: "A Cidade de Ulisses". Mas era também uma designação genérica, uma espécie de guarda-chuva debaixo do qual caberia tudo o que quiséssemos dizer sobre a cidade. Ou seja, o que nos interessasse, e apenas isso.

Lisboa era um lugar para ver o que lá estava e o que lá não estava mas nesse lugar já estivera, era um lugar para quem gosta de saber e procurar e está disposto a fazer esse trabalho prévio. Uma cidade a conquistar, em que se ia penetrando pouco a pouco e descobrindo, abaixo da superfície, outras camadas do tempo.

(Saber por exemplo que o Tejo chegava à Rua dos Bacalhoeiros e vinha bater contra as muralhas, que a cidade se foi estendendo ao longo do cais e das praias, que na Praça da

Figueira se juntavam duas ribeiras, uma descendo do vale de Arroios, outra do vale de Santo Antão, que os talvegues ainda se pressentem em ruas de nível mais deprimido, como o Regueirão dos Anjos, que na Avenida da Liberdade já foram as hortas de São José e o Valverde, que se ia veranear para as quintas do Arco do Cego ou de Benfica, que no lugar do teatro D. Maria, no Rossio, já foi o Palácio dos Estaus, que a Cerca Moura na verdade é anterior, sueva ou visigótica, que o Hospital de Todos os Santos ficava na Praça da Figueira, que o Arco Escuro de Alfama já foi a Porta do Mar.)

Deambulando à toa reparávamos em pormenores, varandas e janelas, quiosques e recantos, empenas, chafarizes, letreiros com nomes curiosos. Era uma cidade de lugares, sítios, detalhes inesperados que se descobriam por acaso, ao virar de uma esquina. Uma cidade de pequenas coisas, também ela pequena. Embora se desdobrasse e multiplicasse noutras perspectivas: desde a Lisboa espírita, onde florescia uma espécie de culto (proibido durante a ditadura) em volta da estátua de Sousa Martins, com velas, flores, ex-votos, lápides, fotografias, até outras Lisboas secretas, misteriosas, florestas de símbolos, maçónicos mas não só, uma cidade esotérica, onde figuras enigmáticas nos olhavam do fundo de pinturas, a Lisboa dos painéis de São Vicente, onde se podiam ver coisas que provavelmente lá não estavam, mas desafiavam a imaginação e o engenho de quem olhava. Mas não seguíamos por aí. Deixávamos a Pessoa e a outras pessoas os caminhos secretos, herméticos e mágicos; havia para eles circuitos próprios, com guias, embora os verdadeiramente iniciados, como Pessoa, preferissem andar sem guia e ser os seus próprios mestres.

(Recordo-me por exemplo de nos interrogarmos se na frase de Damião de Góis "uma cidade em forma de bexiga de peixe, quando vista a partir de Almada", a bexiga de peixe seria uma comparação banal e prosaica ou uma referência velada à "vesica piscis", uma figura geométrica com uma longa tradição simbólica. Mas não seguíamos portanto por aí, tudo isso nos parecia um imenso labirinto. Provavelmente sem saída.)

Se bem que nos interessasse o labirinto. Vista de um ponto alto Lisboa surgia como um labirinto. E havia muitos desses pontos altos, já ali, no nosso bairro, o miradouro da Graça e o da Senhora do Monte. A partir deles tinha-se uma bela visão alargada e também a sensação inquietante de que milhares de olhos invisíveis podiam espiar-nos, de milhares de janelas; e a sensação não menos inquietante de que, em lugar da segurança que a visão de uma superfície plana garantia, a perspectiva que dali se oferecia era falsa: os telhados que pareciam ligados estavam separados por muitas ruas, as paredes de casas que se diria contíguas teriam uma quantidade de becos, arcos, escadas, ruelas, pequenas praças, de permeio. Havia linhas interrompidas que cortavam o olhar e o desafiavam, mentindo. Era preciso começar a descer as ruas, uma a seguir a outra, e ir desenrolando o novelo, atentos a que não nos confundisse. Porque era fácil embrulhar-se no traçado irregular das ruas, que se interrompiam, cruzavam, mudavam de direcção inesperadamente, ou não iam ter a lugar nenhum, acabavam num impasse. A única certeza, na cidade velha, era que, descendo sempre, se acabaria de algum modo por chegar à Baixa e ao rio, quaisquer que fossem os acidentes do percurso.

E era curioso ver, de um miradouro para outro, como as perspectivas dialogavam, se completavam ou aparentemente se contradiziam. Gostavas de empoleirar-te a desenhar nos pontos altos, traçando o diálogo entre uns e outros: entre o que se via por exemplo do miradouro da Graça ou da Senhora do Monte, olhar, a partir de cada um, para São Pedro de Alcântara, e vice-versa. Ou olhar, do Castelo, para a Senhora do Monte e a Graça, ou a partir de qualquer deles para o Castelo.

Uma cidade de linhas partidas, de perspectivas quebradas. Tudo era fragmentado em Lisboa, era preciso juntar pacientemente os pedaços para formar uma figura. Mas faltariam sempre alguns, encontravam-se a cada passo lacunas, interrupções, rupturas.

Deparávamos com um conjunto de fragmentos, restos de cidades construídas umas sobre as outras, de épocas e civilizações que chegavam a um impasse e desapareciam. Deixando marcas.

A cidade crescera assim verticalmente desde o subsolo, encontravam-se em escavações e museus elementos da cultura nativa, estátuas de deuses como Endovélico, elementos fenícios, romanos, visigóticos, e numerosos vestígios da cidade árabe. Mas também se encontravam a descoberto pedaços por exemplo da Lisboa romana: relativamente perto de nós, havia um teatro, na Rua da Saudade, logo ali ao pé da casa do Ary dos Santos.

E ainda estavam de pé algumas casas anteriores ao terramoto, depois do qual se levantara a cidade "pombalina".

Outra Lisboa era uma sucessão horizontal de pedaços, crescera na horizontal tirando lugar aos campos e às hortas, ocupando o lugar de ribeiros e roubando espaço ao rio através de aterros. Formou-se a partir de sucessivas aldeias que se aglutinavam, engolindo os campos intermédios. Era uma contradição curiosa o lado cosmopolita e, até tarde no século XX, o lado rural e provinciano. Contei-te por exemplo que ainda em 1975 pastavam rebanhos ao lado de uma urbanização do Lumiar, até me recordava de uma vez, ao sair da casa do Orlando, ter visto nascer uma ovelha. (Dei comigo de repente no meio de um rebanho. Mas algo acontecia e atrasava a marcha, lá atrás onde o pastor parara. Rompi caminho entre os animais e vi que, adiante do pastor, uma ovelha paria. Olhei, varado de espanto. Nunca tinha visto um animal nascer. Quando acabou, o homem pegou na ovelha recém-nascida e atravessou-a ao ombro como um coelho, a cabeça e duas patas caídas para a frente, o resto do corpo, com as outras duas patas, escorregando para trás. A ovelha mãe pôs-se de pé com algum esforço, cambaleou um pouco nos primeiros passos, depois recuperou o trote e seguiu ao lado do pastor e da cria. Tinha sido tudo rápido e natural, não havia razão para o meu espanto. E também não me espantavam aquelas pastagens verdes no meio da cidade, junto de prédios que nem sequer tinham passeios. Lisboa era assim.)

Gostavas dessa ideia: uma cidade feita de pedaços, que eram pontos fulcrais de uma estrutura. Encontravas a mesma estrutura em elementos decorativos como os azulejos, também eles eram pedaços, que se juntavam uns aos outros. Tinhas aliás uma predilecção por azulejos, rendas e tapetes, interessava-te neles a tessitura, a construção a partir de fios ou segmentos, até que, da junção de muitos, os motivos se tornavam visíveis: um desenho, geométrico ou não, uma figura, uma cena, ou toda uma narrativa, uma história, enquadrada por uma cercadura, e destacando-se sobre um fundo neutro, ou vazio. Eram os pedaços vazios que faziam realçar os outros, onde o desenho tomava forma. Como na vida, porque também a vida era assim feita, de vazio e pleno.

Foi nessa época que fizeste, com técnicas diversas, uma série de pequenos trabalhos em quadrados de papel, com as dimensões dos azulejos. Formavas composições com eles, deixando espaços vazios pelo meio.

Lembro-me de que gostavas de experimentar os materiais, de pintar sobre tecido ou sobre linho, as diferentes texturas davam-te prazer. Mais que uma vez fizeste cartões para tapetes. E fascinavam-te as colagens, eram também um modo de reunir pedaços, ou fragmentos.

Ainda sobre os seres fantásticos e a dificuldade do mundo em aceitar a realidade dos outros, contei-te que tinha encontrado na Alemanha diversos livros do século XVI (de Franck, Muenster, Elucidarius, Schultes e outros), que me tinham divertido imensamente. Foram muito lidos e admirados ainda durante os dois séculos seguintes, e falavam das estranhas criaturas do mundo, referidas na Antiguidade por Heródoto, Plínio, Ptolomeu, etc. Esses livros duvidavam se os africanos eram ou não humanos, mencionavam os trogloditas, que viviam em buracos debaixo da terra, os garamantes sem cabeça, ou os ciclopes com um só olho.

Para os renascentistas era difícil duvidar dos clássicos, confrontá-los e confrontarem-se a si próprios com outras realidades que surgiam. Por vezes era a realidade que sofria distorções, para não contrariar o saber herdado. A resistência a romper essas barreiras foi tão grande como a resistência a pôr em causa a Bíblia e admitir as observações de Galileu. Hartman Schedel por exemplo referia na sua crónica ilustrada que "o rei de Portugal, nas suas navegações, descobriu gente com cabeça de cão e longas orelhas de burro; o corpo é de gente com braços e mãos, as ancas e coxas como um cavalo; e ruminam como uma vaca". Na verdade essa descrição nunca existiu em textos portugueses. Mas a realidade não parecia aceitável. Era difícil renunciar aos mitos, pôr em causa os Antigos. E sobretudo olhar de um modo novo a criação divina. Os estranhos seres de lugares longínquos eram feitos como nós por Deus? Como era possível, se as criaturas à imagem de Deus éramos nós? Seria possível que Deus tivesse várias imagens? Ou os outros estranhos seres não seriam criações de Deus, mas (a palavra, temível, era difícil de pronunciar em voz alta) do Diabo?

A resistência a reconhecer e aceitar o Outro interessava-te particularmente. Começaste a desenhar figuras monstruosas, a partir do que eu te descrevia: com quatro braços, quatro olhos, cabeça de cão, um só pé, um só olho, sem cabeça e com olhos no peito.

Tentavas refazer o percurso da imaginação até à concepção moderna de que o outro não era o monstro e não fazia sentido diabolizá-lo, porque era igual a nós.

Mas essa concepção alguma vez tinha sido interiorizada? perguntava eu. Alguma vez até hoje o mundo deixara por exemplo as questões de raça para animais como cães e cavalos, e considerara que entre os humanos só existia realmente a raça humana?

E lembro-me de teres ido para o Museu de Arte Antiga copiar, como exercício, um quadro anónimo português datado de entre 1510-1520, que representava o Inferno e em que o Diabo era o índio do Brasil. Esse quadro provocava-te. Apesar de termos encontrado o índio do Brasil, em carne e osso, na sua verdade e realidade, desde 1500, víamo-lo como uma criatura híbrida, com seios de mulher e sexo de homem, cauda animal, escamas nos ombros como um dragão, unhas saindo de escamas debaixo dos braços e cornos na cabeça.

Desenhaste também pequenos cartões com espécies vegetais, como se as olhasses pela primeira vez: a pimenteira, o dragoeiro (frequente na Madeira, e de onde se extraía o *sangue de dragão*), a árvore da canela, o gengibre, o cravo-da-Índia. E figuras de animais exóticos, que surgiam como aparições ou revelações: elefantes, rinocerontes, zebras, gatos-de--algália, tigres, leões, macacos, onças, papagaios, aves-do-paraíso. E objectos preciosos e raros, que Lisboa fornecia à Europa: cocos das Seychelles, ovos de avestruz, cornos de rinoceronte, dentes de elefante.

Outro aspecto que por vezes explorávamos, porque nos divertia, era a tradição, florescente na Lisboa do século XVIII, do teatro de bonecos. Marionetes, bonifrates de vários tipos, exibidos para gáudio do povo no Pátio das Arcas, que foi o primeiro teatro, e no Teatro dos Bonecos. E também na ópera (um grande edifício, a Ópera do Tejo, foi inaugurado poucos meses antes do terramoto que o deitou ao chão).

Essa tradição deveria retomar-se, achávamos. Pelo menos nós ambos recuperávamo-la, em imaginação: representar-se-iam de novo em Lisboa, em teatros de bonecos, peças do século XVIII reescritas ou reinventadas. E encenar-se-iam excertos dos processos da Inquisição. O de Damião de Góis, por exemplo, que tanto louvara Lisboa. Para que não se esquecesse como a justiça podia ser iníqua, nem até onde levavam fanatismos e fundamentalismos. Encenava-se o teatro, a pompa, a ostentação, o poder, encenava-se o barroco, que era ele mesmo espectáculo. Com música de Carlos Seixas, Marcos Portugal, Bomtempo e outros em pano de fundo, para que a aparente leveza da música contrastasse com a barbárie das cenas. Encenavam-se peças cómicas de António José da Silva, o Judeu, e o processo de condenação e morte do Judeu. Mostrava-se que em cada dois anos teria de haver um auto--de-fé no Rossio, para ensinança do povo, para que a justiça de Deus resplandecesse. Pouco importava que fosse justiça de

Deus ou do Diabo, que a Santa Inquisição fosse muito mais diabólica do que santa, desde que o povo ajoelhasse e obedecesse. El-Rei estava acima de tudo e seu poder era absoluto. Abaixo de Deus, é claro. Mas Deus delegava na Igreja, na Inquisição e no rei, a Igreja fingia que era Deus, a Inquisição fingia que era Deus, o rei fingia que era Deus. Tudo era teatro e no teatro tudo se fingia. Tudo era artifício, ilusão de óptica, perspectivas falsas. Era preciso fingir para sobreviver e toda a gente fingia: que se convertia, que se era rico ou pobre, que se ajudavam os necessitados, que se jejuava e usavam cilícios. Que se era bom e casto, que se era honesto, que se era virgem. O esplendor barroco da mentira, do trompe l'oeil, da ilusão de óptica, dos cenários, das perspectivas falsas.

Mas no meio do fingimento, do grande teatro que era tudo, a violência era real e a dor dos que eram torturados e queimados vivos na fogueira era real. Eram eles as velas que ardiam, o fogo de artifício que animava o espectáculo.

Mas na Cidade de Ulisses era a Ulisses que voltávamos sempre, finalmente.

Roma tinha sido aqui a grande presença estruturante, deixando marcas indeléveis, desde logo a língua. Mas a civilização romana não deixara um livro como a *Odisseia*, nem conceitos filosóficos que mudaram o mundo, como a Racionalidade e a Democracia. A civilização helénica foi culturalmente o ponto mais alto que a Europa alguma vez foi capaz de produzir. Por isso nos voltávamos para ela. À procura de raízes.

E também por isso nos interessava a figura de Ulisses: virtualmente ligávamo-lo a esses conceitos que nunca assumimos nem praticámos, nem nós nem o resto do mundo. E nos faziam falta, desesperadamente: a racionalidade e a democracia.

Na verdade a *Odisseia* fora escrita três séculos antes de essas ideias surgirem, em Atenas, no século v a.C. (e reportava-se a um tempo muito mais antigo, a queda de Tróia teria sido em 1215 a.C.). Mas no nosso imaginário Ulisses, o grego, representava o legado helénico. Saía da sua época arcaica, da sua ilha de pastores e marinheiros, navegava pelo tempo levando estas três coisas fundamentais que a Grécia deixara ao mundo: além da *Odisseia*, a Racionalidade e a Democracia.

Era essa, achávamos, a pegada mítica de Ulisses.

Ao longo de milénios esses conceitos tinham-nos contaminado e deixado marcas profundas. Por muito que fossem pisados e arrasados, tinham uma resiliência muito própria e renasciam. Apesar de não serem praticados até hoje em lugar nenhum do planeta. No melhor dos casos o que se encontrava eram meras aproximações muito imperfeitas.

E Lisboa era de facto um bom lugar para reflectir sobre coisas dessas.

Dávamos conta entretanto de que não estávamos sozinhos a procurar Lisboa. Encontrámos um número impressionante de outros que antes de nós tinham amado a cidade e a tinham estudado, investigado, pintado, fotografado, registado, filmado, comentado, descoberto, interpretado. O nosso olhar era devedor a todos eles, desde os grandes nomes incontornáveis a jornalistas que escreviam pequenos artigos aqui e ali, ou a meros cidadãos que estavam atentos e não se resignavam e escreviam cartas aos jornais. Sim, fazíamos parte de um número imenso de outros.

Verificámos como é constante a luta dos cidadãos contra a força arrasadora dos interesses. Se mais não se tem destruído Lisboa é porque a opinião pública acaba por ter apesar de tudo algum peso. Para onde quer que nos voltássemos encontrávamos sempre algo arrepiante, contra o qual as pessoas corriam com abaixo-assinados, como bombeiros empenhados a apagar um fogo. Muitas vezes no entanto sem êxito nenhum.

No Martim Moniz por exemplo tinha-se destruído um pedaço irrecuperável da zona baixa da Mouraria, tantos cafés com história tinham desaparecido, como a *Brasileira* do Rossio, também frequentada por Pessoa, o *Chave d'Ouro*, que desaparecera em 59, ou a pastelaria *Colombo*, que deu lugar a um *Mac Donald's* – e na altura não imaginávamos por exemplo que em 2000 uma necrópole romana e um bairro islâmico do século XI seriam destruídos no subsolo da Praça da Figueira, para construir um parque de estacionamento.

Os exemplos, se quiséssemos desfiá-los, não acabariam mais.

Mas o que escolheríamos, finalmente, numa exposição sobre Lisboa?

Ora, não precisávamos de ser metódicos nem exaustivos, de seguir uma linha cronológica ou sequer uma linha condutora. Podíamos permitir-nos uma visão vertiginosa, sincrónica, de camadas de tempo sobrepostas, uma visão parcial, lacunar ou mesmo caótica, e em qualquer caso sempre insuficiente e subjectiva porque dependeria apenas da nossa escolha.

Seria, se existisse, uma exposição-espectáculo, multimídia, dividida por salas labirínticas ao longo das quais o visitante poderia deambular, escolhendo o seu percurso ou fazendo-o simplesmente ao acaso. Lisboa era algo que lhe "acontecia". Haveria assim muitos caminhos possíveis, e nem todos os visitantes teriam visto a mesma coisa no final. Até porque seria quase impraticável ver tudo, a menos que se voltasse muitas vezes. Haveria uma profusão de objectos, mapas, fotografias, slides, vídeos, filmes. Bonecreiros interpelariam os visitantes, atraindo-os ao espectáculo, tirariam marionetes de um saco e torná-las-iam de repente "vivas", apareceriam bonifrates, por vezes misturados com actores, na tradição do teatro lisboeta de bonecos. E haveria pedaços de ópera de bonecos, possivelmente em miniatura, com máquinas de cena do século XVIII.

E poderia haver uma zona assinalada com um letreiro: Cuidado, não cair!

Em volta, por segurança, teria um parapeito de metal, onde as pessoas se podiam agarrar. Quando alguém pisasse essa zona, estreita como um corredor, onde os visitantes teriam de seguir em fila, o chão cederia trinta ou quarenta centímetros de repente, e as pessoas teriam durante segundos a sensação de que iriam sumir pelo chão abaixo. E enquanto deitassem a mão ao parapeito e olhassem para os pés, com medo de se afundarem, as palavras

CORRUPÇÃO!
CUIDADO! NÃO CAIR!
surgiriam em grandes letras, projectadas no chão e em toda a volta nas paredes.

Isso faria depois rir as pessoas, ou iria enfurecê-las. Seria um pequeno episódio cómico, porventura muito irritante, que no entanto lhes ficaria na memória, mesmo contra a sua vontade, e cujo significado guardariam. Uma exposição poderia ou deveria ser também uma experiência. Não era aliás desejável que as obras de arte, e por extensão os museus, fossem locais não só de prazer, informação ou divertimento, mas também de reflexão, transformação, mudança?

E pelo menos em algumas salas haveria, desconstruído, o fado como música de fundo. Desconstruído, isto é, nenhum fado seria identificável, haveria uma voz e guitarras apenas como sugestão, pressentidas mais do que ouvidas, presentes de um modo insidioso, subliminar. Só de vez em quando o som crescia e uma frase se tornaria quase audível, para logo desaparecer, como uma onda que se espraia e desaparece na areia.

(O fado não era uma canção melancólica, achavas. Era uma canção altiva.)

E poderia haver –

E poderia haver –

E poderia haver –

Mas não iríamos fazer essa exposição, era apenas um pretexto para sorrir e divagar.

No entanto de vez em quando voltávamos ao tema.

Lisboa estava lá e cercava-nos, era impossível não a olhar, não tropeçar nela a cada passo.

Era o chão que pisávamos, um lugar que nos pertencia, porque era nele que nos tínhamos encontrado e nos amávamos.

Mas no fundo não era Lisboa que procurávamos, era um ao outro e a nós mesmos que procurávamos em Lisboa. Éramos viajantes, e é para si próprios que os viajantes caminham. Querem saber quem são e onde moram. E, como escreveu Novalis, vamos sempre finalmente para casa.

O modo como olhávamos a cidade tinha a ver connosco e com a nossa história. Desde logo porque o ponto de vista éramos nós.

Chegou portanto a altura de falar de nós. Depois de andar contigo em volta de Lisboa, terei agora de andar em volta de nós e de olhar-nos. De muito perto.

3.
Em volta de nós

Em muitas coisas eras diferente de mim, por vezes quase o meu oposto, como a sombra e a luz.

Vinhas, desde logo, de uma terra diferente. Nasceste em Moçambique em sessenta e quatro. Em setenta e quatro tinhas dez anos e não teve para ti qualquer significado o facto de haver uma revolução em Portugal. De resto na altura Portugal, como o resto do mundo, excepto África, eram para ti apenas superfícies delimitadas por linhas e pintadas de cor, no grande mapa dos continentes.

África era o único mundo que conhecias, de que guardavas recordações felizes: tinhas tido inclusive um leãozinho, que o teu pai e um grupo de amigos trouxeram da caça. Não me recordo dos pormenores da história, por uma razão qualquer ele estava perdido, provavelmente tinham-lhe morto a mãe e ele deixou-se apanhar porque tinha demasiada fome. Durante três semanas ficou em vossa casa como um pequeno animal doméstico, bebendo leite e brincando no quintal, e depois, com desgosto mas aceitando que não havia alternativa, foste com os teus pais levá-lo à Gorongosa, onde ele podia reintegrar-se no seu mundo.

Lembro-me de coisas que contavas, o clima tropical, as praias, o mato, as árvores que aqui não havia, a dimensão imensa das paisagens. Sim, o colonialismo e a guerra tinham existido, e agora revisitavas também nessa perspectiva as memórias da infância. Mas achavas que o que importava na nossa relação com África não era a nível político, eram as relações individuais: muitos emigrantes tinham partido para sobreviver, não tinham mentalidade de colonizadores nem se sentiam superiores aos africanos. Eram gente pobre, lutando por melhores condições de vida. Ao longo do tempo as populações misturavam-se e era muito comum haver nas famílias um primo, um tio, um cunhado, um avô africano. Ninguém reparava nesse facto, a tal ponto era considerado normal. A tua experiência na escola primária, onde foste feliz, era de crianças brancas e de cor convivendo com a maior naturalidade do mundo.

E havia depois as trocas culturais, as influências e contaminações recíprocas. Nada disso era contabilizável nem fazia parte do mundo dos mercados. Mas no fundo eram coisas dessas, da ordem do experimentado e do vivido, que contavam.

No entanto na altura em que viste Lisboa pela primeira vez, no fim de 74, o colonialismo, a guerra, a revolução e os problemas que se atravessavam não faziam parte do teu horizonte. Chegaste de barco com a tua mãe (o teu pai tinha vindo depois), lembravas-te de passar o Bugio, a Torre de

Belém, a ponte vermelha sobre o Tejo, a mancha do casario que se desenhava nas margens, de olhar com curiosidade a cidade desconhecida. Podias ver-te ainda com dez anos, debruçada no convés, no limiar de outro continente.

Durante dias e dias tinhas andado no mar, saído do oceano Índico e entrado no Atlântico, tinhas dormido no camarote, descido às salas, brincado com outras crianças no deque, encontrado oficiais e marinheiros que vos contavam coisas de viagens e navios.

A vida a bordo, repetitiva mas sempre nova. A curiosidade e a esperança de haver algo a descobrir, quando espreitavas através das vigias. Os portos em que fazias escala e podias voltar a terra, e os dias em que só vias ondas, gaivotas, navios ao longe, espuma.

Lisboa, onde agora aportavas, estava no fim de dois oceanos. Ou no princípio. Era um lugar de chegar e de partir, uma cidade aberta. Debruçada sobre um rio que a levava ao mar.

E quando te levaram ao Estoril, a Cascais e ao Guincho, era sempre o mar que seguia a teu lado, ao longo da marginal. Tudo em Lisboa e em volta dela corria para o mar.

Os continentes estavam ligados por imensas massas de água, podia chegar-se ao fim do mundo num navio. Tinhas feito essa descoberta na tua aventura marítima, na tua primeira viagem de navegação. Lisboa tinha dentro outros lugares, porque o azul do mar os prometia.

Sabias, de ciência certa porque tinhas lá estado, que havia outros mundos. Havia África, o Índico, savanas, quedas de água, florestas, animais selvagens, praias quentes, embondeiros, paisagens tropicais. Que nunca esquecerias, nunca poderias esquecer. Marcaram-te na pele, como uma tatuagem.

Ficaste alguns meses no Estoril em casa de parentes com os teus pais, e a seguir viveste com eles em Inglaterra. O teu pai, engenheiro e professor universitário na antiga Lourenço Marques, tinha sido colocado numa empresa em Londres.

Curiosamente, tinhas-te sentido em casa em Lisboa. Parecia-se em muitas coisas com Lourenço Marques, achavas. Foi Londres, a seguir, que te causou estranheza e nunca te despertou o desejo de ficar. Oito anos depois estavas de novo em Lisboa para estudar nas Belas Artes, quando tinhas à mão a Slade School.

Para meu espanto os teus pais deixaram-te decidir sozinha e não tentaram convencer-te de que fazias uma escolha absurda. É provável (mas isto foram conjecturas minhas) que pensassem que a Slade era menos importante do que ter uma identidade e uma raiz. Se Londres era para ti um lugar estrangeiro e se, quando vinhas passar férias, te sentias em casa em Lisboa, fazia sentido que quisesses voltar. A Slade poderia ficar para mais tarde, eventualmente noutra ocasião.

Penso que o modo como vias Lisboa teve sempre a ver com a situação particular em que te encontravas. Viver aqui era uma escolha. Pudeste ir descobrindo a cidade de uma perspectiva privilegiada: estavas ao mesmo tempo dentro e fora, olhava-la com olhos de sim e de não. A amplitude do teu olhar parecia-me por vezes avassaladora: tinhas atravessado o mar para chegar aqui. E oito anos em Londres, apesar de aí te sentires estrangeira, davam-te a consciência alargada de uma dimensão europeia.

E havia em ti muitos outros aspectos que me deslumbravam. Eras absolutamente jovem e absolutamente madura, de uma forma inesperada que me surpreendia. Mais tarde associei essa faceta ao teu lado africano. As mulheres em África amadurecem cedo e convivem bem com o amor.

Quem viveu em África deixa lá uma parte de si. Mesmo que nunca mais volte a buscá-la, ou talvez por isso, vai sonhar sempre com ela, dizias.

Os teus pais tinham casado muito jovens e partido para Lourenço Marques logo a seguir. Quando nasceste a tua mãe tinha vinte e dois anos, o teu pai vinte e três. Havia uma geração de diferença entre os teus pais e os meus. E pertenciam a diferentes mundos.

Os teus pais amavam-se e eram felizes, disseste. Muitas vezes pensei que foi por teres conhecido o amor de perto, através deles, que eras tu própria tão segura e tão forte. E que foi por serem tão felizes que sempre te deixaram ser livre e confiavam no teu instinto.

Quando lhes anunciaste que estavas a viver comigo não fizeram muitas perguntas e aumentaram-te a mesada. Se me tinhas escolhido, eles só podiam aprovar a escolha. Acreditavam na tua capacidade de saber o que te convinha. Ou talvez acreditassem que a vida se faz por tentativa e erro, e que tinhas o direito de errar se fosse caso disso. De qualquer modo surpreendi-me com a leveza com que do teu lado tudo aconteceu.

Do meu lado não havia muito que contar. Frequentei Belas Artes em Lisboa, de 74 a 76. Em 76 tive uma bolsa alemã para estudar em Berlim, na Hochschule der Künste em Wilmersdorf, mas continuei em Berlim até 80. Percebi de imediato que queria ficar mais tempo e sabia que a bolsa, na melhor das hipóteses, só seria prolongada (como de facto foi) por mais um ano. Por isso comecei logo no início a trabalhar fora de horas e aos fins de semana, para ganhar dinheiro. Aceitava o que aparecia, lavar carros, distribuir jornais de madrugada, lavar pratos e servir à mesa em restaurantes e cafés, e consegui dinheiro para continuar a estudar depois da bolsa. Nas férias de semestre viajava à boleia ou de interRail, de mochila às costas. Visitei o que, na perspectiva das artes plásticas, considerava os principais países e museus da Europa. Sentia-me livre, capaz de ganhar a vida, e essa sensação era boa.

Na altura em que te conheci vivia sozinho em Lisboa e não dava contas a ninguém do que fazia.

Gostava de ouvir-te, mas não gostava de falar de mim. Sobretudo a infância, preferia esquecê-la. Em contraste com a tua infância luminosa, a minha era demasiado sombria para ser contada.

Tudo o que te disse era rigorosamente verdadeiro, mas referi-te apenas uma parte dos factos:

O meu pai, Sidónio Ramos, era oficial do exército e acabava de ser promovido a major quando conheceu a minha mãe. Era viúvo, a primeira mulher tinha morrido cedo e não havia filhos desse casamento. Quando eu nasci ele tinha quarenta e quatro anos, a minha mãe vinte e oito. Não só por ser jovem e bonita, a minha mãe ficou sempre bem no retrato que te fiz dela.

O meu pai era um homem ríspido, irascível, que trazia para casa a disciplina do exército. Ordens breves, secas, para serem de imediato cumpridas. Era metódico, organizado, e julgava que o papel de marido e pai consistia em gerir um pequeno mundo pré-estabelecido, regido por horários e regras fixas e salvaguardado por uma pequena conta de banco, que todos os meses deveria registar um aumento, ainda que ligeiro. Acho que foi o essencial do que te disse. Além da nossa divergência essencial, a sua recusa em entender e aceitar que eu quisesse ser artista plástico.

Não te contei que fui para ele um filho tardio, imensamente desejado, em quem depositou todas as esperanças. Achava que eu as tinha gorado, e era isso que me transmitia.

Os meus sentimentos em relação a ele foram, durante muito tempo, medo, confusão e vergonha.

O meu interesse por espingardas de brinquedo e soldadinhos de plástico era medíocre. Menor ainda quando ele me mostrava uma arma a sério, que, mesmo descarregada, me causava espanto e um ligeiro susto. Digamos liminarmente que eu nunca pertenceria ao seu mundo. Ambos sabíamos isso e esse facto criava entre nós uma barreira. Se o seu filho tão esperado e acredito que de certo modo tão amado não tinha afinal nada a ver com ele, por que razão havia de existir? Por que não haveria de ser uma cópia dele, à sua imagem?

Por que não se interessava por cavalos, caçadas, espingardas de ar comprimido, como qualquer criança ou qualquer adolescente?

Lembro-me de que um dia, na quinta que tínhamos na Beira, onde passávamos o verão, ele chegou a casa montado num cavalo e obrigou-o a subir as escadas de um telheiro onde se guardava lenha. O cavalo hesitou, porque os cavalos têm a noção do perigo e detestam subir escadas, ainda mais descê-las. Mas obedeceu.

Eu deveria também obedecer. Como o cavalo. Ou então, de uma vez por todas, enfrentar aquele homem furioso, que aparecia montado num cavalo e o obrigava a fazer algo de insólito. Mas eu era muito pequeno, ficava pouco acima do chão, e ele era enorme, sentado na sela, segurando as rédeas, com esporas reluzindo nos estribos. Como podia eu enfrentar um homem em cima de um cavalo?

Muitas vezes senti no entanto que a minha vida consistia nessa tarefa impossível: enfrentar aquele homem, defender-me e defender a minha mãe contra ele. Porque também ela o receava. Eu sabia, embora ela nunca o dissesse. Mas era visível o seu nervosismo quando chegava a hora de ele vir, a pressa com que largava o que quer que estivesse a fazer para se certificar de que tudo estava conforme, a mesa posta, as cadeiras no lugar, o almoço pronto a ser servido. Corria a seguir ao espelho, penteava-se depressa, sacudia um cabelo imaginário que pudesse ter-lhe caído sobre os ombros, alisava a saia do vestido. Então sentava-se na sala e esperava-o. Esperar era já também um modo de servi-lo, de criar à volta um espaço vazio que o antecipava e que ele pisaria ao entrar. E tudo o que a seguir ela dissesse ou fizesse seria atento e rigoroso, como se cumprisse à risca um manual de instruções.

Tinha sido dactilógrafa numa repartição notarial, na mesma rua do quartel onde o meu pai trabalhava. Tinha vinte e seis anos e era bonita e assustada, quando ele a conheceu. Aceitara aquele emprego porque o salário era melhor que o anterior, mas sentia-se constrangida naquelas salas abafadas, quase pegadas a um quartel, onde apareciam tantos homens fardados, com passos pesados e botas grossas, sempre prontos a gracejar e a dizer-lhe galanteios de mau gosto, que tinha de ouvir em absoluto silêncio porque não podia correr o risco de perder o emprego. Nunca saía assim do seu estrito papel de funcionária, mantendo a mesma atitude serena e completamente surda, por muito que a provocassem:

É casada, menina? Ou escondeu a aliança para fingir que é solteira? Olhem como ela ficou corada. Parece muito nova mas já deve saber muito. Não foi ontem nem anteontem que saiu do berço. Do berço ou das berças? gargalhavam.

Então e não me faz o jeito de ter esse papel pronto mais depressa? Não se arranja uma maneira de me passar à frente, a mim que sou um gajo tão simpático?

Porreiro, pá, gajo porreiro é que se diz, ou tens medo de ferir os ouvidos da menina?

Foi uma surpresa quando um desses homens fardados começou a aparecer regularmente. Os gracejos pararam como por milagre, mesmo quando ele não estava, e quando vinha faziam de imediato continência, juntando os pés e batendo os calcanhares.

Não queria acreditar que aquele homem que ganhara o hábito de aparecer por ali, e a quem respeitosamente chamavam major, se pudesse interessar pela criatura insignificante que ela julgava ser. Mas teve de acreditar quando, um ano e meio depois, ele a levou à igreja e casou com ela, de papel passado. Isto aconteceu, naturalmente, depois de muitas conversas e passeios, em que ela ia devidamente acompanhada por uma prima mais velha (e sobretudo depois de ele ter tirado toda a espécie de informações nos lugares onde ela nascera e vivera e todas terem sido positivas, mas disso ela só veio a saber muito mais tarde).

Um homem que não dizia gracejos, era sério e respeitável e estimava as suas qualidades de pequena funcionária, também ela respeitável, além de humilde, eficiente e modesta. Na verdade ela viu o casamento como uma promoção. Ou uma salvação. Agora não teria mais de se afligir a verificar se o dinheiro ia chegar ou não ao fim do mês.

Vivia num andar pequeno mas confortável, tinha uma empregada já treinada (viera, soube depois, do casamento anterior) que cozinhava, lavava, passava a ferro e cuidava da casa em vez dela. Razões de sobra para estar grata ao homem que a levara para essa vida nova, que nem sequer sonhara possível. Era a opinião de toda a gente na família, e por conseguinte também a dela.

Não conhecia ninguém em Lisboa, nascera pobre, no Alentejo, e enquanto estudava para dactilógrafa vivera no Montijo em casa da madrinha. Aos vinte e sete anos não era fácil encontrar marido. As enfermeiras e as professoras até tinham de ter uma autorização especial para casar, ouvira dizer. Na verdade nem pensava já em ter uma família. Mas eu nasci, um ano depois.

Acredito que esse foi um tempo talvez relativamente feliz na sua vida. Enquanto eu não comecei a ser a decepção. Não para ela, que gostava de mim como eu era e procurava, por todos os modos, compensar-me por não ser o que o meu pai esperava que eu fosse. O que só complicava as coisas, porque ele achava que eu era decepcionante porque ela me protegia dele ou contra ele. Começaram a desentender-se e eu tinha a sensação de ser culpado.

Até que ela começou a refugiar-se em pequenas tarefas que exigiam concentração e silêncio, enquanto o meu pai se sentava a ler o jornal, igualmente em silêncio. Fez rendas e tapetes e bordou panos de tabuleiro e toalhas de mesa, até perceber que seriam precisas duas vidas para usá-los todos.

Lembrou-se de bordar para fora, mas o meu pai achou a ideia impensável. Era o que faltava, a esposa de um major a vender bordados. Ela não respondeu mas começou a ficar ociosa, de mãos paradas ao canto da sala, o que inquietou sobremodo o meu pai, porque a ociosidade, como se sabia, era mãe de todos os vícios e desgraças.

Antes que ela começasse a suspirar pelas janelas e a olhar com demasiada atenção quem passasse na rua (e passavam muitos homens na rua), o meu pai, em desespero, achou que ela deveria aprender piano. Estaria suficientemente ocupada e seria além do mais uma ascensão social, em quase todas as melhores famílias havia um piano na sala. Ele poderia oferecer-lhe um, e arranjar-lhe uma professora que viesse a casa.

Para surpresa dele a minha mãe recusou, e pela primeira vez na sua vida pareceu saber exactamente o que queria: lições de pintura, em vez de lições de piano. Sempre tinha tido inclinação para desenhar e fazer pinturas, nunca tinha podido aprender, mas gostaria.

O meu pai concordou, porque tanto lhe fazia uma coisa como outra. Na verdade era até uma vantagem considerável não ter de ouvir o som enfadonho de um piano mal tocado. Pintar não fazia barulho e, contanto que ela não sujasse a casa e mantivesse tintas e pincéis no quarto maior do sótão, podiam contratar a professora.

– Amanhã mesmo, se fosse caso disso, respondeu quando ela perguntou, emocionada:

– Quando?

E foi assim que dez dias depois (o tempo suficiente para a minha mãe tirar informações e as apresentar ansiosamente ao meu pai), a dona Auzenda entrou em nossa casa. E uma nova época se inaugurou.

A vida da minha mãe ficou de repente preenchida, pareceu ganhar magicamente um rumo. Pintar ocupava-lhe os dias de tal modo que começou a usar um despertador, cujo alarme tocava um pouco antes de o meu pai chegar. Então apressava-se a arrumar tudo, despia a bata e descia as escadas a correr, para inspeccionar rapidamente se tudo estava em ordem, e ao bater do meio-dia sentava-se na sala, à espera que o meu pai entrasse. Como se sempre lá tivesse estado, e não acabasse de chegar, com o coração a bater da correria pela escada.

Durante o almoço ela conversava – o que significava concordar com tudo o que o meu pai dizia, sempre com medo de ainda assim poder dizer alguma coisa errada – e nunca olhava o relógio para ver as horas. Mas quando depois do café ela o vinha acompanhar à porta, o tempo interrompido parecia outra vez soldar-se: olhava para o relógio de pêndulo da entrada e corria novamente escada acima, em direcção ao sótão.

Dona Auzenda vinha duas vezes por semana. Ambas pareciam entender-se, conversavam muito, riam às vezes; dona Auzenda explicava, falava de técnicas, respondia a perguntas, exemplificava pela sua própria mão. Mas não penso que a sua presença fosse realmente o que importava. A minha mãe não trabalhava para dona Auzenda mas para si própria, e descobria muitas coisas sozinha. Muitas vezes nem sequer lhe pedia a opinião e estava longe de mostrar-lhe tudo o que fazia. Ensaiava, experimentava, deitava fora, como se soubesse de antemão o que procurava. Entrava num território desconhecido, em que, no essencial, tentava orientar-se seguindo o seu próprio instinto.

Até que o meu pai achou que se podia economizar esse dinheiro, a professora foi dispensada e a minha mãe continuou a pintar, por sua conta e risco.

Eu exigi desde o início partilhar essa expedição com ela. O tempo que passei no sótão foi de longe o mais feliz da minha infância.

A ideia que guardo é a da casa como um espaço dividido, o espaço ameaçador do meu pai e o mundo aventuroso e secreto da minha mãe. Passava-se de um para o outro através da escada: o sótão era um lugar ilimitado, como se boiasse no ar ou assentasse nas nuvens. A minha mãe estendia na mesa uma folha de papel e punha ao meu alcance lápis de cor, pincéis e tintas.

Então tudo começava a ser possível: bastava eu querer e uma coisa aparecia: o sol, um pássaro, uma árvore, uma folha de erva. Ela dizia sim, e sorria. Éramos cúmplices e partilhávamos um poder mágico, cada um desenhando numa folha de papel. Estávamos no centro do mundo, e ele obedecia. Fazíamos o sol subir no horizonte, púnhamos um carro na estrada, um moinho num monte, pessoas acenando das janelas. Tudo o que quiséssemos acontecia. Tudo.

Pintar, descobri, nunca acabava. Apenas era interrompido por tarefas desprezíveis e inúteis como comer, lavar as mãos, tomar banho, ir para a cama, dormir. Mas no dia seguinte recomeçava, como se não tivesse sido interrompido.

Cada dia era novo e trazia novas coisas, o jogo de pintar nunca se gastava.

Havia uma janela no sótão, de onde se podia ver o rio (morávamos num prédio antigo, à Rua de São Marçal). Na verdade era mais um albóio do que uma janela, um rectângulo de vidro no tecto esconso, que parcialmente se podia abrir sobre o telhado. A minha mãe conseguia ver através dele, sentada na cadeira. Eu tinha de subir a um banco, mas não me cansava de ficar de pé durante muito tempo.

O rio: uma grande mancha de água, que mudava de cor conforme a luz. Passavam barcos entre as margens, barcos pequenos, cacilheiros indo e vindo, barcos à vela, arrastões e grandes paquetes, que seguiam para o mar. Porque o rio levava até ao mar, e o mar seguia e seguia, e era tão grande que não se via mais nada quando se entrava nele. O mar era uma das minhas recordações mais antigas. Da janela não se via o mar mas sabia-se que estava lá, porque era até ele que deslizava o rio.

O sótão tinha dentro o rio, e o rio tinha dentro o mar. O rio com o mar lá dentro era uma parede que deixara de haver, que se tinha diluído, ou tornado transparente como água. O sótão só tinha três paredes, a outra parede era o rio e o mar.

Mas havia um lado de sombra em tudo isso: por vezes, quando eu acordava e subia a correr as escadas, encontrava a porta fechada. Batia com os punhos e chamava a minha mãe, com tanta força e tantas vezes quantas fossem necessárias para que ela ouvisse. Finalmente ela abria, dava-me um beijo, sorridente, mas depois descia as escadas comigo e entregava-me à empregada, para me levar ao Jardim Botânico, na Rua da Escola Politécnica.

Quando eu recusava, indignado, seduzia-me com a promessa de rebuçados, que de caminho passaríamos a comprar na mercearia da esquina. Eu acabava por aceitar, recalcitrante, e lá ia, pela mão da Alberta, ao Jardim, onde havia outras crianças com quem tinha de jogar à bola.

Mas logo que podia escapava-me e voltava ao sótão, tornava a bater à porta e a chamar, com todas as minhas forças. A minha mãe abria, suspirando, e dizia que eu só podia ficar se não falasse e estivesse quieto. Estava a acabar um trabalho e eu não podia interromper. Senão a dona Auzenda ralhava.

Com o tempo acabei por perceber, obscuramente, que aquele era também um mundo onde eu não era bem-vindo. Entre ela e o quadro estava eu. Uma presença opaca. Ela não precisava de mim para ser feliz ali, para fugir de casa, pelas portas que abria no fundo do quadro. Para fugir no rio, nos barcos, no mar que pintava de azul. Ela fugia também de mim. Eu incomodava, interrompia, exigia atenção e ela queria estar sozinha, concentrada, noutro lugar. Era isso, então? Eu estava a mais, não devia existir, era o terceiro excluído de uma relação absorvente, apaixonada?

Nada disso me parecia possível e eu não entendia que ela preferisse que eu me fosse embora. Mas a Alberta vinha ter comigo, era verdade que agora vinha sempre, sem ser preciso chamá-la, levava-me para o andar de baixo e tentava mostrar-me os encantos dos brinquedos, entre os quais havia um tambor de lata, uma corneta e um cavalo de baloiço de madeira.

O dia ficou de repente escuro, deixou de haver sol na janela. Dei um pontapé nos brinquedos e corri outra vez escada acima, com a Alberta a correr, aflita, atrás de mim. Empurrei a porta entreaberta e despejei um frasco de diluente em cima do trabalho da minha mãe.

Se ela não gostava de mim, eu não gostava das suas pinturas. Nem gostava dela. Era melhor dizer-lhe isso logo ali, e foi exactamente o que fiz, sem precisar de palavras: atirei com o frasco, que se estilhaçou contra a parede, e desatei aos gritos como se o mundo acabasse. Porque, de certo modo, acabara.

Para meu espanto e provavelmente para espanto ainda maior da empregada, a minha mãe abraçou-me e começou a chorar.

– Pode ir, Alberta, disse finalmente. E deixou que eu me instalasse diante de uma folha de papel, nesse dia e em todos os outros, até que, mais de um ano depois, entrei na escola e lhe deixei outra vez o espaço livre.

Mas enquanto não entrei na escola o espaço dela voltou a ser meu, ou pelo menos foi assim que o entendi. Nunca mais encontrei a porta fechada e ela dava-me liberdade de mexer em tudo. A única coisa de que não dei conta é que ela praticamente deixara de trabalhar, limitava-se a ver o que eu fazia.

Só mais tarde descobri, ou ela me disse, que vinha por vezes trabalhar à noite, depois de eu estar a dormir, mas só um bocadinho porque o meu pai não gostava que ela trabalhasse quando ele estava em casa, o que até era compreensível, afinal de contas não era para ter companhia que ele se tinha casado?

Descobri o prazer de recortar papel, de cortar e colar pedaços de revistas e dos meus próprios desenhos, de amassar farinha e água e fazer uma massa que se podia modelar, de produzir pasta de papel e trabalhá-la, de inventar objectos e bonecos de barro que púnhamos a secar ao sol e se podiam pintar e envernizar com tintas e pincéis; mais tarde passámos a cozê-los num forno que ela pediu ao meu pai para comprar.

Recalcitrante e não sem discussões violentas, ele acabou por ir satisfazendo esses desejos, a que chamava caprichos. Concordava que ela se entretivesse com esse tipo de coisas quando ele não estava em casa, mas que me deseducasse era intolerável. Toda a vida nos confrontámos com a sua visão do mundo, em tudo oposta à nossa.

Quando fui um aluno medíocre no Liceu Camões, excepto em artes visuais, quando entrei na Escola António Arroio, quando me matriculei em Belas Artes, vivemos de todas as vezes por longo tempo num clima de guerra que não levava a nada, mas nos deixava exaustos. Ele repetia sempre os mesmos argumentos, com a segurança e a tenacidade do aldeão que nunca deixou de ser:

Os bonecreiros, que vendiam bonecos nas feiras, eram vagabundos como os saltimbancos. O que ganhassem hoje iam perder amanhã, porque era um dinheiro mal ganho, que os divertia e divertia o povo, mas amanhã acabava. Pois qual era o mundo que assentava em bonecos? O das crianças, dos feirantes ou dos loucos. Nenhum homem honrado podia viver de bonecos.

Se eu não dava para militar devia estudar para engenheiro, advogado ou médico. Ou arquitecto. Ou até mecânico, também era aceitável. Qualquer coisa útil, enfim, era aceitável. Mas se ia ficar toda a vida a fazer bonecos nunca iria passar de um desgraçado. De um excêntrico, incapaz de adaptar-me ao mundo e à sociedade normal.

Nem quando tive a melhor nota em pintura e um trabalho que fiz foi premiado ele mostrou o menor sinal de regozijo ou de apoio.

Nunca deixei de ser na sua vida uma espécie de fatalidade, que a certa altura desistiu de mudar – a fatalidade não se muda – mas com que sempre teve a maior dificuldade em conviver.

O 25 de Abril não mudou evidentemente nada na nossa relação, mas também não nos trouxe surpresas: cada um ficou onde já estava. Ele manteve-se, aos sessenta e quatro anos, o militar afeito ao regime que sempre fora.

Eu andei em comícios (gloriosamente, achava, porque o romantismo da revolução era embriagante), gritando slogans e palavras de ordem, passei noites a imprimir panfletos e a colar cartazes, no delírio de acreditar que íamos mudar o mundo. Tinha dezoito anos, sentia-me incrivelmente forte e terrivelmente feliz. Porque a nossa era também uma revolução de costumes e de sexo, de êxtase e liberdade em todos os sentidos. Amei com paixão várias mulheres, por amor da paixão em si mesma: seria eterna, mesmo que só durasse uma noite ou um dia. Achei que nunca iria ser fiel a uma mulher. Que homem, aliás, poderia ser? Elas estavam ali, à nossa volta, também elas descobrindo o mundo. Não importava o amanhã, nessa época em que todos os amanhãs cantavam e o hoje era afirmação e fulgor. Tínhamos dezoito anos e o mundo era nosso. A nossa geração passara da morte para a vida, da sombra para a luz.

Falei-te, porque me perguntaste, dessas paixões voláteis e das mulheres de Berlim, altas, loiras, inteligentes, lindíssimas, claro que tinha havido várias, havia sempre, não é verdade? Se quisesse isolar uma seria Angelika, que estudava violoncelo (a Kunstschule tinha também cursos de música). Pois, poderia ter ficado mais tempo com Angelika, mas não queria prender-me, acima de tudo prezava a minha liberdade e havia tanto mundo à minha frente. Não ficaria aliás muito mais tempo em Berlim, queria passar alguns anos nos Estados Unidos, conhecer outros países, mudar de horizontes e de continentes. Adorava Berlim mas estava cansado da neve e do céu cinzento. Sempre soube que estava de passagem.

Contei-te coisas dessas e respondi sempre que quiseste saber mais. Mas foi vagamente que te falei da infância.

– E a tua mãe, como se chamava? perguntaste.

– Luísa, respondi. Luísa Vaz. E acrescentei:

– Estava como sempre do meu lado, ou do mesmo lado que eu, mas não se manifestou. De certo modo não quis dar conta do 25 de Abril, para não ser obrigada inutilmente a travar qualquer discussão com o meu pai: em silêncio, fechou a porta do sótão e continuou a pintar.

Pintar, pensei mais tarde, era o seu modo de fugir a uma vida fechada e sem sentido. Na verdade não fui eu que estraguei a relação entre os meus pais. A decepção começou do lado dela, antes de eu nascer; o casamento não era a situação invejável que parecia, mas uma vida enfadonha e estreita, ao lado de um homem histérico, irascível, incapaz de amar. Perante quem ela nunca deixou de sentir uma espécie de receio ou de constrangimento.

Mas isso não te disse. Limitei-me a concordar quando disseste que eu herdara da minha mãe o lado criativo.

Por isso eu assinava o nome dela: Paulo Vaz e não Paulo Ramos. Em memória dela.

Mas também herdei do meu pai muita coisa que não rejeito, acrescentei: também tenho o meu lado aldeão, o meu lado arcaico, uma força obtusa e teimosa, que vem da terra. Hoje não renego nada, aceito-o também a ele. Sou seu filho e não importa se o decepcionei e ele me decepcionou. A vida foi assim, e não lamento nada.

Até porque acabei por ganhar a aposta contra ele, disse-te ainda. Imagina que ele, o prudente, o sensato, que todos os meses ia fazendo crescer a conta no banco, no fim da vida começou a jogar na Bolsa e acabou por perder tudo o que juntara. Veio ter comigo, de cabeça baixa, quando vim de Berlim passar duas semanas, no verão de 80: a minha mãe tinha Alzheimer, não podia mais ser mantida em casa. Era preciso encontrar um lar que a recebesse, e teria de ser eu a pagá-lo. A reforma dele não dava para nada, o dinheiro que juntara tinha-o perdido na Bolsa. Eu tinha de vir em auxílio da família.

Na altura senti que o chão me faltava. Ganhara dinheiro com um esforço brutal, sacrificando quase tudo, e queria voltar para Berlim. Propus ao meu pai vender a quinta da Beira, mas ele nem quis ouvir falar disso e fez como sempre uma cena. Percebi que nunca o convenceria. Tinha com a terra uma relação umbilical, a casa e a quinta eram a sua raiz, parte da sua identidade, as últimas coisas de que iria desfazer-se se fosse obrigado a isso. Ameaçou colocar a minha mãe num asilo. Acabei por ceder, ficar sem o dinheiro e adiar o regresso a Berlim. Foi quando voltei às Belas Artes e tive a possibilidade de trabalhar como monitor (embora me dessem, com o pequeno salário de monitor, um trabalho que se parecia mais com o de assistente de uma das cadeiras). E foi nessa situação que, um ano e meio depois, te conheci.

Mas no início foram tempos terríveis, sentia-me nas piores condições do mundo: passava noites sem dormir, trabalhando como um louco, porque tinha encontrado um galerista que apostava em mim e não queria decepcioná-lo nem decepcionar-me.

Apesar de tudo tive a sorte de morar um ano com o Rui Pais, que acabava Medicina e tinha um apartamento só dele, porque a família era rica e generosa.

– Nem penses em dividir as despesas, pá. Não há problema.

Sempre foi assim, o Rui. Realmente amigo. Foi um enorme alívio não ter de voltar a viver com o meu pai.

Esta foi a versão que te dei das coisas. Mentindo apenas num detalhe. Porque a verdade era outra, aparentemente inacreditável: o meu pai não jogou na Bolsa, começou a ir ao Estoril jogar no casino. Não sei se antes se depois de a minha mãe adoecer. Na verdade penso que foi antes. Também ele procurou um modo de escapar à sua vida, um mundo secreto onde mergulhar.

Tudo falhara, ele estava sozinho e começou a jogar as últimas cartadas. Se perdesse, pouco lhe importava. E de facto pouco se importou quando de repente me deixou nos braços uma mãe com Alzheimer, que eu ia ter de suportar pelos meus próprios meios. Pouco se importou de nos abandonar, de deitar a perder o que via como apenas seu, mas era de facto também meu e dela.

Na altura da sua morte, no fim de 81, esgotara as contas de banco e os aforros, devia dez meses de renda da casa e vendera tudo o que era valioso do recheio (o senhorio ia esperando, por respeito ao senhor major, que se desculpava com o preço altíssimo do lar da esposa).

Também não te contei que, pouco depois de a minha mãe entrar no lar, o meu pai despediu Alberta e ela me telefonou para o apartamento do Rui. Queria encontrar-se comigo com urgência.

Vinha igual a sempre: com o cabelo atado num carrapito, como a minha mãe, e também como ela com roupa fora de moda e sapatos gastos.

Quis dar-lhe uma indemnização por ter cuidado da minha mãe e o meu pai a despedir sem justa causa. Julguei que era essa a razão da visita.

– Deus me livre, respondeu surpreendida. Tenho o meu pé-de-meia, não preciso de nada. De qualquer maneira eu também não queria aturar o seu pai, agora que a sua mãe já lá não está, bem sabe como ele é, faz-nos da vida um inferno e a paciência da gente também se acaba. Nem imagina como ele anda, irritado e nervoso que só visto. E agora deu em esvaziar a casa, está a mandar tudo para a Beira, diz que tenciona mudar-se para lá.

Parou um instante e suspirou, ou respirou mais fundo, a ganhar coragem para dizer finalmente ao que vinha.

– Bem, era um segredo, sabe, começou em voz baixa, como numa confissão. Ninguém estava ao corrente a não ser eu, mas durante muitos anos, e até adoecer, a sua mãe pintava para fora. E dava-me o dinheiro a guardar. Foi isto o que ela juntou, concluiu pondo em cima da mesa uma malinha de plástico esfolada nos cantos.

– Que história é essa, Alberta?

Não estava a entender o que ouvia.

Ela explicou, em voz ainda mais baixa, como se contasse um escândalo e alguém pudesse escutar atrás da porta:

– Punham-se as coisas a vender numa papelaria um pouco longe, onde achávamos que o seu pai nunca ia. Era uma loja pequena, depois da Rua de São Bento, o dono era o senhor Correia. Eu levava o que a sua mãe mandava e de vez em quando passava por lá, a perguntar o que se tinha vendido. Ao princípio eram cartões de Natal e convites para casamentos. Vendiam-se muito, o senhor Correia recebia até encomendas. Queriam isto e mais aquilo pintado, explicavam como devia ser, o senhor Correia mandava tudo escrito num papel e a sua mãe fazia tal e qual. O senhor Correia dizia que estava muito bem e eu também achava, eram coisas bonitas que só visto, a sua mãe fazia sempre tal e qual.

Depois começámos também a vender quadros, eu levava-os embrulhados na ceira das compras, o senhor Correia arranjava as molduras e depois punha-os na parede e colava um papel com o preço em cada um. Demoravam muito mais a vender do que os cartões e os convites, mas mesmo assim iam-se vendendo e no fim até rendiam muito mais. O senhor Correia descontava o dinheiro das molduras e além disso tirava sempre mais algum, dizia que era a comissão, mandava tudo explicado à sua mãe num papel. Ela verificava e dizia que estava certo, era um homem muito honesto e nunca se enganava.

O dinheiro ela pedia-me que o guardasse e eu punha-o no guarda-fatos do meu quarto, dentro desta mala.

Sabe como eram as coisas, o seu pai se a visse com dinheiro tirava-lho logo, porque ele é que mandava em tudo. E claro que nunca a ia deixar pintar para fora, caía o Carmo e a Trindade se ele soubesse.

Dás-mo quando eu to pedir, dizia a sua mãe. E se eu morrer entrega-o ao meu filho.

Ela não morreu mas é a mesma coisa, não é verdade? suspirou. Agora já não vai precisar do dinheiro, por isso venho trazer-lho, como ela disse.

Calou-se e respirou fundo, como se acabasse de se desembaraçar de um fardo.

Tirei da carteira algumas notas:

— É a tua comissão, Alberta. E obrigado por tudo.

Mas ela recusou, quase melindrada.

— Eu podia lá aceitar. Era o que faltava. Não tive trabalho nenhum, aquilo era leve, metia-se bem no cesto das compras e o senhor Correia nem era assim tão longe. Até gostei de ajudar a sua mãe. A mim não me custava e a ela era uma coisa que lhe dava alento.

Corri à papelaria. Alberta ainda tinha conseguido dizer-me o nome, embora não se lembrasse como se chamava a rua. Foi fácil de encontrar, não havia muitas papelarias por ali. Detrás do balcão vi cinco quadros com naturezas mortas. Tive a certeza de que eram dela, mesmo antes de olhar as iniciais da assinatura. O senhor Correia tirou os quadros da parede, ajudou-me a metê-los na mala do carro.

— É uma boa compra que o senhor faz, não tenha dúvida, assegurou-me, visivelmente satisfeito por ter encontrado um freguês. Era uma pintora muito boa, sabe, as pessoas não a conheciam porque só assinava LV e nunca aparecia, mas era muito apreciada, vendi muitos quadros dela e até cartões de Natal e convites para casamentos, nem imagina as encomendas que ela tinha.

Disseram-me que morreu, ou está pelo menos muito mal, e o senhor sabe que depois de os pintores morrerem os quadros sobem logo de preço. É uma compra de que nunca se vai arrepender, pode ter a certeza.
— Pintava sempre naturezas mortas? quis saber. Isto é, flores, frutos, objectos, especifiquei.
— Era quase sempre isso, disse ele. Ou então o mar. Praias, e o mar.
E acrescentou com um ligeiro movimento de cabeça:
— Um excelente dia para si.

Naturezas mortas. Olhaste muitas vezes esses quadros que eu tinha na parede e gostavas de falar deles, Cecília.
Tal como eu, ias direita ao essencial: o modo como os objectos estavam dispostos, o conjunto que formavam, o diálogo das formas e dos materiais, a luz. A escolha e a mistura das flores, de que havia às vezes pétalas caídas — esporas bravas, antúrios, rosas, narcisos, petúnias, hortênsias, orquídeas —, a forma e a cor das jarras, os objectos em volta, uma taça de vidro com frutos, dois livros, fotografias, um candeeiro antigo.
Nenhum pormenor fora deixado ao acaso, tudo fazia parte do clima emocional que se desprendia do conjunto: frescura, ordem, serenidade, concentração, intimidade. E também solidão, melancolia.
Instintivamente, ela conseguira fazer pintura: as coisas eram mais do que elas próprias, mais do que flores e objectos. A sua ordem escondia uma desordem, havia outras dimensões para além da superfície. Os frutos por exemplo eram

inquietantes, vermelhos, carnudos, por vezes partidos, morangos e cerejas dentro de um copo de pé alto. Uma sensualidade contida, atrás de uma parede de vidro.

– Ela não tinha estudos, não conhecia nada, disse-te. Movia-se apenas por instinto.

Com os quadros dentro do porta-bagagens fui direito à casa do meu pai. Deveria haver no sótão o que ela tinha deixado inacabado – esboços, fragmentos, tentativas, todo um espólio que eu queria trazer comigo.

Mas o sótão estava vazio. O meu pai tinha destruído tudo, deitara no lixo o que restava. Despedira Alberta e limpara a casa sozinho.

– Aquelas coisas com que a tua mãe se entretinha não tinham nenhum valor, só ficavam lá em cima a criar pó.

Reparei que faltavam móveis e objectos na casa, o relógio de pé alto da entrada, o contador de pau preto, a mobília da sala de jantar, as duas mesas de jogo e os candeeiros da sala, por exemplo, tinham desaparecido. Além de todas as pratas. Mas a desaparição que me interessava, a única de que de facto eu dava conta, era a do espólio da minha mãe. O resto não me importava, nem sequer fiz perguntas, até porque me parecia credível o que dissera Alberta, ele estava a enviar tudo para a Beira, na intenção de mudar-se para lá.

Também uma mesinha de encostar, onde havia fotografias da minha mãe, desaparecera. Perguntei-lhe pelas fotografias, ele tinha-as metido na gaveta da secretária.

— Vou levá-las, disse-lhe.

Ele assentiu:

— Podes levar. Mas deixa ficar as molduras.

Não lhe dei ouvidos e trouxe as fotografias como estavam.

Foi Alberta que me alertou, pouco depois, para o que estava a acontecer. Dessa vez não perdeu tempo a vir falar--me, disse logo ao telefone, em voz de pânico:

— O seu pai enlouqueceu, anda a jogar tudo no casino. Vá ver com os seus olhos, ele caiu nessa desgraça. Foi a vizinha Estrela que me disse, estranharam aparecer tantas vezes uma carrinha a levar mobília, e depois o marido da Estrela encontrou muitas coisas lá de casa a vender na Feira da Ladra. Todas as noites ele apanha um táxi, julgávamos que ia ter com uma mulher, mas ontem o marido da Estrela foi atrás dele no carro, e afinal vai jogar no casino. Sim, ele viu, pode acreditar no que ela disse. Anda a desgraçar-se e a desgraçá-lo a si. Parecia-me impossível.

— Vou ver o que se passa, Alberta. Obrigado pelo aviso.

No momento em que desliguei percebi que ela estava a chorar.

E se, por hipótese absurda, fosse afinal verdade?

A primeira coisa que me ocorreu foi a casa da Beira. Telefonei ao caseiro, tinham andado toda a semana a semear batata, estava tudo bem, sim, lembranças ao senhor major.

Não a tinha vendido, portanto. Pelo menos até agora. Por um momento respirei de alívio.

Mas verifiquei nessa noite que a história que ouvira era real. Esperei dentro de um táxi que o meu pai saísse de casa, e segui o táxi que ele apanhou.

Paramos na porta do casino, entrei atrás dele, vi-o entregar notas e receber fichas, procurar uma mesa, ficar alguns minutos a observar, entrar depois no jogo e perder a consciência de onde estava. De tal modo que, quando fui ter com ele e lhe peguei no braço, me repeliu com violência e quase não deu sinais de conhecer-me. Mal olhou de resto para mim, afastou-me como a um intruso, sem desviar realmente a atenção do jogo.

Falei com o Orlando nessa mesma noite, deviam ser umas duas da manhã. Sabia que ele gostava de ficar sozinho a desoras, no escritório de advogados, com música muito baixa por companhia e o cinzeiro que se ia enchendo de beatas, porque ele fumava um cigarro depois de outro.

– O que posso fazer para o interditar? perguntei-lhe.

O Orlando estava habituado a histórias loucas e nenhuma o impressionava, a não ser quando se tratava de amigos.

Ficou um segundo calado e depois achou melhor ser franco:

– Estás lixado, pá, atirou-me finalmente, resumindo o seu desalento. Podemos tentar uma providência cautelar, mas interditá-lo vai demorar um tempão, vamos andar de Anás para Caifás, arranjar testemunhas, psiquiatras e o raio. E depois a justiça não funciona, os processos acumulam-se aos milhares pelos tribunais, e entretanto a tua casa da Beira ardeu, porque o teu pai é o dono e se arranjar comprador nem Santo António te acode.

— E se ele a tiver posto numa agência imobiliária, e eu conseguir travar a venda? perguntei, dando-me conta de imediato de que a pergunta era absurda.

— Achas que alguma agência vai querer perder a comissão, se puder ganhá-la?

Ficámos ambos calados e depois bebemos um uísque, que ele tinha sempre num armário, e falámos, ou ele falou, ainda mais um pouco. Mas percebi que não havia solução em tempo útil e que entretanto o mundo me caía em cima.

Na verdade — embora a ideia seja em si mesma horrível — a morte do meu pai, de ataque cardíaco, algum tempo depois, foi o melhor que podia ter-me acontecido. Se tivesse vivido muito mais a casa e a quinta da Beira teriam sido vendidas, e eu não conseguiria continuar a fazer face às despesas.

Vendi a casa e a quinta, paguei as suas dívidas e sobrou dinheiro que me ajudaria a manter à tona da água por alguns anos.

Não, a morte do meu pai não me causou qualquer desgosto. Foi o melhor que podia ter-me acontecido.

Interroguei-me muitas vezes que destino pretendia a minha mãe dar ao dinheiro que Alberta escondia. (Quando abri a malinha de plástico, verifiquei que era uma quantia irrisória. No lar em que agora estava daria exactamente para pagar cem dias.)

Anos antes, quando começara a juntá-lo, o que tivera na ideia? Faria parte de um plano de fuga que acalentava?

Ir-se embora um dia à procura de outra vida, de um homem que a amasse? Na verdade não sei se ela sonhou esse sonho. Sei que na infância eu o sonhei por ela.

Mas como encontrar outro homem, se quase não saía de casa e não conhecia ninguém? Se usava vestidos e sapatos velhos e o cabelo preso com ganchos, o cabelo que ela própria cortava? Usavam o mesmo penteado e os mesmos ganchos, ela e a criada, e a roupa não era também muito diferente. Dei conta muito cedo de que ela era obrigada a poupar todos os cêntimos (na altura eram aliás centavos), porque o meu pai lhe dava o mínimo possível para os seus gastos pessoais. Chegava a ir comigo ao café, pedia um bolo para mim e depois ela própria tomava café e comia uma torrada em casa, para não gastar mais do que o indispensável – e o indispensável era o que gastava comigo.

A modéstia da sua aparência e a sua vida quase monacal (monótona, repetitiva, incluindo a pobreza pessoal e uma espécie de clausura) faziam parte da estratégia defensiva do meu pai. Quanto menos ela desse nas vistas, mais probabilidades tinha de ficar com ela. O ideal seria mesmo que nunca saísse, a não ser ao lado dele, e mesmo assim poucas vezes.

Era esse o seu modo de amá-la, não imaginava sequer que tudo poderia ser diferente. Estimava a sua presença em casa mas considerava-a uma criada extra, mais polida e mais fina que a outra. Estava dispensada dos serviços domésticos e deveria agradecer-lhe essa sorte.

Duas ou três patentes mais abaixo, se em vez de major ele fosse soldado ou sargento, ou talvez mesmo capitão, ela teria de acumular as funções de esposa com as de criada e ter todo o trabalho da casa a seu cargo, sem receber por isso nenhuma recompensa.

Mas ela estava livre do trabalho doméstico, a sua função era deitar-se com ele, ter os filhos que ele e Deus quisessem, sair com ele à rua, à igreja e ao cinema, receber os raros amigos que o visitavam, zelar por que tudo estivesse em ordem, fazer-lhe companhia às refeições e ao serão.

Ela cumpria satisfatoriamente esse papel, para além do qual ele achava que não existia mais nada.

Nunca sequer deu conta de que lhe exigia ainda outra função: poder descarregar sobre ela (como também sobre mim e Alberta) a sua histeria, a sua frustração, o seu mal-estar consigo próprio, a sua raiva irracional contra o mundo. Estava tão viciado nos seus gritos, nas cenas que armava por qualquer razão insignificante, que nem dava conta de como nos agredia. A sua autoridade era de tal modo violenta que deixava de ser autoridade, era apenas uma voz trovejando, uma tempestade desabando sobre nós. A única coisa que procurávamos era sobreviver, como os animais procuram sobreviver aos perigos: escondendo-se, abrigando-se, fugindo. Se o confrontássemos com os factos juraria a pés juntos que a histeria era nossa, da sociedade, do país, do mundo, e que em todos os casos o único inocente era ele.

À força de ouvi-lo, julguei-me durante muito tempo culpado de tudo o que acontecia. Pensava, de um modo irracional, que se eu fosse perfeito seríamos felizes.

De alguma maneira penso que por vezes também a minha mãe acreditou que se fosse perfeita seríamos felizes. Na verdade tentámos. Até percebermos que era impossível satisfazê-lo, porque o erro estava nele e não em nós.

Depois de inúmeras tentativas falhadas, a minha mãe tinha a certeza de não poder mudar o meu pai, nem o seu modo de ver as coisas. Mas aparentemente não lhe ocorria a possibilidade de pegar em mim e deixá-lo.

A sua auto-estima era praticamente nula. Sentia-se incapaz de enfrentar o mundo sozinha. Podia ganhar a vida como dactilógrafa, já antes o tinha feito. Mas como voltar a ser dactilógrafa, agora que descobrira a pintura? E como viver do que pintava? Teria de ganhar o sustento também para mim, porque o meu pai lhe daria o mínimo a que fosse obrigado. E podia nem sequer ganhar a guerra contra ele, e ser o meu pai a ficar comigo. Como ganhar uma guerra contra um major, que iria disparar contra nós todas as armas de que dispunha – e dispunha de todo um arsenal? Armas eram com ele, disparar e agredir também.

Não, ela nunca seria capaz de enfrentá-lo, qualquer que fosse a forma que escolhesse. Se pudesse tornar-se uma pintora famosa ele veria o seu sucesso como um roubo, uma agressão, uma afronta contra ele. E ela duvidava da sua capacidade, do seu talento, do mesmo modo que duvidava da sua beleza, da sua força, da possibilidade de ser amada algum dia.

Então em vez de avançar retrocedeu e concentrou em mim todo o seu amor, porque esse lhe parecia um amor legítimo. Inconscientemente fechou-se cada vez mais sobre si própria e procurou uma saída no fundo dos quadros que pintava.

Verifiquei, nos últimos tempos que vivi em casa, que por vezes ela desenhava espaços pequenos, linhas apertadas, perspectivas erráticas que pareciam deslizar para um ponto de fuga. Mas na altura não percebi o que se passava. Nunca me ocorreu que um dia ela poderia furar a tela e passar para o outro lado, como se passasse para o outro lado de um espelho e fugisse para onde já ninguém a podia acompanhar.

É verdade que notei, antes de deixar Lisboa, que ela se tinha tornado mais silenciosa, mais recolhida em si mesma e indiferente ao que a cercava. Não manifestava opiniões e parecia não ter vontade própria. Mas alguma vez lhe tinham consentido que a tivesse?

Não, eu não me apercebi da mudança – talvez porque não queria aperceber-me – e fui para Berlim.

Até que ela começou a esquecer o nome das coisas, a perder o fio às palavras, contou-me depois Alberta. Olhava para os objectos como se não os conhecesse, não soubesse para que serviam nem como se chamavam. Julgava estar em tempos e lugares onde não estava, trocava os nomes das pessoas, não as reconhecia. E por fim não sabia quem era e não se lembrava do seu próprio nome.

O meu pai nunca me contactou e eu também nunca lhe escrevi de Berlim. Enviava à minha mãe cartas breves com notícias, e em troca recebia desenhos, em envelopes com a letra infantil de Alberta. Comecei por estranhar, mas achei que os desenhos sempre tinham sido um modo privilegiado de comunicação entre nós. Se não escrevia era porque não havia nada a dizer, a sua vida continuava igual. A avaliar pelos desenhos – que agora eram cheios de cor e vigorosos – estava bem.

Quando voltei a vê-la, quatro anos mais tarde, o choque que sofri foi brutal e acusei Alberta de não me ter avisado, quando ela começara a adoecer.

– Pensei milhares de vezes em escrever-lhe, respondeu, mas o que ia adiantar? Voltar para Lisboa ia servir de alguma coisa? O médico dizia que ela não tinha cura e achei que era melhor para si não saber nada. Já bastava o que ia sofrer quando voltasse.

– E os desenhos, Alberta? quis saber ainda.

– Fazia só riscos, e a certa altura já nem fazia nada. Mas encontrei outros desenhos no sótão, que ela tinha guardado há muito tempo.

Quando me viu, no verão de 80, a minha mãe pareceu sorrir, sem nenhuma surpresa. Houve um dia em que disse: o meu filho. Por vezes, fugazmente, um fragmento de memória voltava.

Mas logo a seguir podia por exemplo começar a esvaziar armários e gavetas, como se procurasse alguma coisa.

– Estou a fazer arrumações, respondia se alguém lhe perguntava.

Ou podia despir-se e abrir a porta de casa, a meio da noite, preparando-se para fugir, completamente nua.

A doença tinha-se instalado e iria progredir sempre. Ela tinha então cinquenta e dois anos, o meu pai sessenta e oito e eu vinte e quatro.

Os médicos tinham dito que era Alzheimer. Mas Alzheimer era um nome vazio, uma designação para o desconhecido. Em cada caso a perda da razão é um processo diferente, e são diferentes os motivos que levaram até lá.

Por vezes penso: ela amou-me a tal ponto que renunciou por mim ao que mais amava.

A criação é dura, profundamente egoísta. Se queria encontrar-se e seguir o seu caminho, deveria ter tido a coragem de me deixar, na infância, do outro lado da porta. Por muito que eu gritasse e batesse com os punhos, ela nunca deveria tê-la aberto.

Era tudo ou nada, não podia haver compromissos. Ou seguia o seu caminho ou não seguia. Não podia deixar-me entrar só às vezes, um determinado tempo, a horas certas. É verdade que tentou mas nunca conseguiu, eu estava sempre lá, e era uma barreira. A menos que ela conseguisse levar o sótão para outra casa. Mas não havia outra casa. Estávamos os dois dentro da mesma, e eu precisava dela.

O meu pai nunca me acompanhou. Ela nunca lhe pedia que saísse comigo e a deixasse em casa a pintar. Tinha medo que me maltratasse. E por outro lado ele achava insolência e capricho que ela levasse o seu trabalho a sério. Pintar devia ser um passatempo para as horas vagas, imediatamente interrompido quando ele chegava e posto de parte quando houvesse outros afazeres. E haveria quase sempre outros afazeres, desde logo fazer-lhe companhia ou cuidar do seu filho. Era tarefa de mãe, para isso lhe fizera um filho. Não para que o empurrasse para os braços dele, nem para que o deixasse em lágrimas atrás da porta, enquanto ela pintava.

Sei que esse sentimento de culpa em relação a mim (e não o medo de um homem) era para ela o mais difícil. Quando me mandava ao Jardim com Alberta e eu não queria ir o seu coração ficava pesado e o seu olhar sombrio. Sentava-se diante da tela e pegava no pincel, mas a manhã enevoara-se e o sol tinha menos brilho através da névoa. A sua cabeça andava longe, os olhos fixavam-se num ponto minúsculo do quadro, procurava uma mancha de tinta, num lugar exacto, mas o olhar estava de algum modo descentrado, via todas as coisas difusas. O seu braço, em geral tão firme, sentia-se cansado, o pulso obedecia mal ao seu comando. A certa altura levantava-se, chegava à janela sem abrir o vidro e olhava para fora, sem ver nada.

Por vezes, de manhã muito cedo, quando o meu pai tinha ido dois dias para fora em serviço e eu ainda dormia, ela corria à cozinha, fazia um café bem forte que substituía o pequeno-almoço e fugia para o sótão com o tabuleiro na mão, tentando escapar à enxurrada de palavras que Alberta aproveitara logo para lhe deitar em cima:

Faltava sal, farinha, salsa, ovos e a hortelã acabara. Não seria melhor ir ao mercado hoje, em vez de quarta-feira?

Ah, e também se estragara o ferro de engomar, era preciso levá-lo ao electricista, fazia a maior das faltas, para passar as camisas do senhor major.

O melhor seria até ir ao electricista sem o senhor major saber, agora que ele estava fora, a senhora não achava?

A cozinha era um território perigoso. Para não falar do aspirador, do telefone, da campainha da porta, das vezes que a Alberta a ia interromper com um qualquer recado que poderia esperar, mas que ela imaginava que era urgente. O seu tempo era uma sucessão de fragmentos, que a certa altura se tornavam impossíveis de colar.

E sobre tudo isso havia a minha cara sufocada, vermelha de lágrimas, a minha incompreensão pela sua ausência. Eu não aceitava que houvesse zonas de sombra em que ela se ocultava, que fugisse de mim para outros lugares. Mas ela fugia. E sentia isto: que me abandonava. Como se fôssemos os dois por uma estrada e me dissesse: agora senta-te aí à sombra, eu volto já. E desaparecesse.

O abandono. A sensação de ela não me querer ao pé de si. De não me querer. Porque não me amava, porque de vez em quando não me amava. Mas pode amar-se alguém só de vez em quando? Ou se ama sempre, ou não se ama nunca.

Como se me levasse algures, e se fosse embora. Prometendo voltar. Mas havia aquele momento em que se ia embora. E eu a perdia, como se perdesse uma parte de mim. A minha mão, o meu pé, a minha língua, os meus olhos. Uma parte de mim era arrancada.

No começo foi também isso que senti em relação à escola, a que no entanto depois me adaptei, porque a professora, por uma espécie de milagre, me entendia.

A escola salvou-nos, de algum modo. Tomou conta de mim e libertou-a a ela. Tinha agora tempo para si.

Mas o meu pai encarregava-se de o transformar num tempo envenenado, constantemente interrompido por gritos e censuras. A vida da minha mãe era um terreno minado. Por muito levemente que andasse e por muito cuidado que tivesse a pôr um pé diante do outro, a cada passo uma mina explodia e ela voava pelo ar em estilhaços.

Lembro-me de sonhar este sonho: ia com ela ao Ramiro Leão, comprar seda para um vestido. Subimos num elevador sumptuoso e quando chegámos ao piso superior reparei nos painéis de vitrais, cheios de luz, a meio da escada.

Um empregado solícito veio logo atender, trazendo rolos de seda que ia desenrolando em cima do balcão. Ela apontou para outro, que ele foi buscar de imediato: um padrão belíssimo, com cores brilhantes e um toque suave, era evidente que daria um vestido magnífico. Tive a certeza de que seria aquele o escolhido e senti-me tão contente como ela.

Mas quando o empregado começou a desenrolá-lo em cima do balcão, a seda, aparentemente lindíssima, estava cheia de buracos, como se tivessem atirado rajadas de chumbo contra ela. O rolo inteiro estava estragado. Foi nesse momento que acordei.

Mas só anos mais tarde entendi o sonho.

Visitei várias vezes a minha mãe, no lar do Hospital da Ordem Terceira, na Rua Serpa Pinto. Ficava, e julgo que ainda fica, porque continua certamente a existir, na parte de trás do hospital, no segundo andar. Era um corredor de alguns metros, com quartos de um lado e de outro. A meio havia uma salinha de jantar onde só cabiam quatro mesas, mas ficavam sempre lugares vagos porque poucas das cerca de vinte residentes conseguiam ali vir tomar as refeições.

Ao fundo do corredor, depois de uma saleta pequena onde havia um armário de parede e um relógio parado, construíram um anexo de vidro, que tinha sempre ligado um aparelho de TV, e era demasiado quente no verão apesar do aparelho de ar-condicionado.

No andar da entrada havia ainda uma capela com belas imagens, que tinham vindo provavelmente do antigo convento.

A minha mãe raramente falava. Não sabia onde estava, por vezes julgava-se na casa da Beira ou na de Lisboa, ou num lugar desconhecido e deserto.

Já não conseguia caminhar e estava numa cadeira de rodas, porque tinha sofrido entretanto um AVC. Tinha um quarto individual com casa de banho, cama articulada, colchão de ar, televisão e uma varanda estreita, que dava para a cafeteria do Museu do Chiado, e de onde se avistava ao fundo um pedaço do rio.

No verão ao fim da tarde eu levava-a até à varanda, na cadeira de rodas. Mas ela não via a relva, as flores, os guarda--sóis abertos, as estátuas, na esplanada do Museu, o pedaço de rio ao fundo. Por vezes sorria vagamente, apontando um pardal ou um pombo. Ou uma gaivota, mas as gaivotas voavam menos por ali. Quase nunca falava, não me reconhecia. Se lhe mostrava fotografias, revistas ou postais, olhava-os com um olhar cego, como se não visse.

Estava limpa e bem cuidada, como uma boneca sentada na cadeira. Quando me ia embora dizia-me adeus com a mão, uma vez ou outra. Mas quase sempre ignorava-me, como se eu fosse um pedaço do tecto ou da parede.

Da parede, que era agora o seu horizonte. Como uma tela branca, a tela diante da qual se tinha sentado tantas vezes. Muitas vidas atrás.

Telefonaram-me um dia às sete horas da manhã, a informar que ela tinha acabado de falecer. Estava pior, ontem? Durante a noite? perguntei, e a resposta foi evasiva.

Soube depois que nos hospitais e lares, quando alguém morre durante a noite, têm por regra informar a família de manhã e dizer que acabou de falecer, sem sofrimento. Como na guerra, pensei, porque aquela era mais ou menos a fórmula usada nas informações que se recebiam sobre quem morria em combate: morte súbita, sem sofrimento.

Foi cremada no cemitério do Alto de São João. As cinzas fui depois deitá-las ao rio. Para que ela estivesse finalmente livre, e partisse em direcção ao mar. Gostava de pensar que agora ela se confundia com as ondas e a espuma.

Mas falei-te de tudo isso muito vagamente, Cecília. E houve coisas que nunca te contei. Sempre tive pudor de certos factos. E ainda maior pudor dos sentimentos.

Capítulo II

Quatro anos com Cecília

Se agora pensar nesse tempo, entre 83 e o fim de 87, é em nós que penso, como se tivéssemos vivido esses anos sozinhos.

Mas havia obviamente os amigos, entre os quais os mais chegados eram o Rui Pais e a Teresa, o Orlando, o Jorge Reis e a Matilde, o Tiago e a Marta, e a Maria Rosa, a tua melhor amiga, que viera também de Moçambique e namorava o Samuel.

E havia, é claro, a cidade à nossa volta. E o país.

Lembro-me de coisas isoladas – por exemplo de uma passagem de ano (1983? 1984?) que tínhamos estado a festejar em casa do Jorge Reis, e eram cinco ou seis horas quando voltámos ou tentámos voltar para casa, porque o nevoeiro se tornava cada vez mais espesso, a certa altura demos conta de que não se conseguia avançar. Acabámos por deixar a vespa em cima de um passeio e andámos a pé, às voltas, um tanto perdidos, até que encontrámos um bar ainda aberto e esperámos que clareasse para voltar até à Graça.

O que me vem à ideia são memórias soltas, um inverno anormalmente frio (outro? o mesmo?) em que instalamos no ateliê uma salamandra, segunda escolha em relação à lareira, que levantava demasiados problemas no local. Nevou em quase todo o país mas não em Lisboa, onde de qualquer modo se gelava.

Não tenho como é óbvio uma noção clara das datas, a não ser em alguns casos em que guardei meia dúzia de recortes de jornais.

A nível colectivo, a recordação mais forte é a de uma crise generalizada. Em 83 já tinha havido dez eleições desde 74, havia greves, salários em atraso, uma dívida externa gigantesca.

Lembro-me de começarem a demolir o Monumental, apesar dos protestos e dos abaixo-assinados, que também ajudámos a recolher.

Sim, lembro-me dos teatros, dos cinemas, dos cafés. Lembro-me de termos visto Dreyer e Max Ophuls na Cinemateca, *Mariana espera casamento* na Cornucópia, *Uma comédia sexual numa noite de verão* de Woody Allen, de *Fanny e Alexandre* de Bergman.

Nesta altura do filme de Bergman era já verão, o calor era insuportável e o país estava à beira da bancarrota. A corrupção tornara-se indisfarçável, empresas faliam, a fuga de capitais era alarmante. Desvalorizou-se o escudo, pediu-se um novo empréstimo para investimento, venderam-se trinta toneladas de ouro. Na Europa e arredores, o nosso rendimento per capita só tinha abaixo de si a Turquia.

Na Assembleia da República, para negociar medidas de combate à corrupção, por duas vezes faltou o quorum.

A seguir os impostos aumentaram, houve novas greves, a dívida externa cresceu seiscentos milhões de dólares num semestre.

O FMI interveio, para evitar o descalabro. Mas obviamente nada fez para resolver os problemas estruturais do país.

Depois de três anos consecutivos de seca, houve chuva e inundações quando um temporal desabou, causando mortes e milhares de desalojados.

No fim de 84 cem mil trabalhadores tinham salários em atraso e em muitas casas havia fome. Mas só metade dos políticos declararam rendimentos.

O governo prometia que não pactuaria com a fraude e a Alta Autoridade Contra a Corrupção foi empossada. Pediram-se novos empréstimos para pagar dívidas, a dívida externa subiu mais e havia quatrocentos e cinquenta mil desempregados.

Lembro-me de irmos à Aula Magna ouvir Carlos Paredes, de terem surgido coisas como o windsurf, a asa delta, os telefones sem fios. Lembro-me de ouvirmos Zeca Afonso, Zé Mário Branco, Sérgio Godinho, Carlos do Carmo, de surgir o primeiro disco de jazz de Maria João, lembro-me de vermos o *Apocalypse now* no Apolo 70 e o *Senso* de Visconti no Estúdio 222, ao Saldanha – onde continuávamos debalde a tentar salvar alguma coisa do Monumental, ao menos a torre. Mas também a torre foi deitada abaixo.

Havia artistas que admirávamos, como Julião Sarmento, João Cutileiro, Júlio Pomar, Cruzeiro Seixas, Eduardo Nery, Hogan, Menez, João Vieira, Paula Rego e tantos outros –

José Jorge Letria, Adriano Correia de Oliveira, cujos discos ouvíamos (creio que o Adriano morreu em 82), lembro-me de outros que nos deixaram também por esses anos, Carlos Botelho, Mário Botas, Ary dos Santos, O'Neill. Lembro-me de livros que nos marcaram, como a *Balada* do Cardoso Pires ou o *Memorial* do Saramago. E o Carlos de Oliveira, sobretudo um romance, cujo nome agora não recordo, em que uma criança desenha obsessivamente uma casa.

Lembro-me de um dia, na Rua Norberto Araújo, os moradores nos contarem que pagavam renda à Câmara e não tinham água nem luz, e tropeçavam em ratos do tamanho de coelhos nas escadas. Recordo-me dos milhares de pessoas, na maioria "retornados" das ex-colónias, a quem a Câmara permitia que ocupassem prédios desabitados, onde não tinham saneamento nem colchões. Mas apesar de tudo houve um esforço positivo do país, a nível individual e colectivo, para dar um tecto e ajudar a recomeçar a vida ao meio milhão de retornados que voltaram. Houve solidariedade, num país onde só sessenta e cinco por cento da população tinha água canalizada e electricidade, e os salários eram os mais baixos da Europa.

A insatisfação com a justiça, que não funcionava, era geral. Só casos pendentes havia mais de um milhão.

Surgiu um buraco orçamental de setenta e três milhões de contos e o déficit foi de trezentos e dez milhões no Orçamento Geral do Estado. O desemprego aumentou e os impostos sobre o trabalho eram brutais.

Surgiram as primeiras caixas Multibanco. Vimos *Paris-Texas* de Wim Wenders e *Janela indiscreta* de Hitchcock.

Vimos Renoir e Buñuel na Cinemateca, não me lembro exactamente quando, vimos filmes de Fassbinder e *Andrei Rubliev* de Tarkovski, julgo que no Quarteto. Ouvimos Jorge Ben no Coliseu, assistimos a espectáculos de João Brites e O Bando.

Íamos à praia no verão, sozinhos ou com amigos, tomávamos um copo em bares e dançávamos em discotecas, e em Junho, como toda a gente, festejávamos os santos populares em Alfama.

Em 85 o poder de compra baixou ainda mais, mas o Parlamento decidiu um aumento de cinquenta por cento no salário dos titulares de cargos políticos.

O sistema fiscal era desequilibrado e injusto, como habitualmente. E, como habitualmente, depois das inundações do inverno, no verão o fogo devorou as florestas.

Prédios ruíam em Lisboa como castelos de areia. Um deles, com seis famílias dentro, na Costa do Castelo, porque não tinham feito paredes para o escorar quando, dezoito anos antes, tinham demolido o prédio vizinho. A seguir ruiu um prédio de cinco andares na Luís Bívar, outro na Praça do Chile.

Ajudámos a angariar assinaturas para uma petição (conseguiram-se mais de duas mil quase de um dia para o outro, obviamente sem internet) para que o *Martinho da Arcada* fosse considerado imóvel de interesse público. Além de Pessoa o ter frequentado e de numa das suas mesas ter escrito, entre outras coisas, a *Mensagem*, era o café mais antigo de Lisboa.

Esse, os lisboetas ainda conseguiram salvá-lo.

Vimos, não sei já quando, *Laranja mecânica* no Quarteto. Recordo-me de termos ido a um concerto do Opus Ensemble, em Cascais, e a outro de Maria João Pires na Gulbenkian.

Sim, havia políticos respeitados e honestos, que faziam um enorme esforço para segurar o país. Mas o país balançava.

Como sempre, agarrávamo-nos a esperanças: a entrada na CEE, a informatização dos impostos, que se acreditava que iria combater a evasão e a fraude fiscal. Mas logo a seguir à informatização dos impostos o Tribunal Constitucional negou a jornalistas a lista dos políticos que tinham entregue a declaração de património e rendimentos.

A Câmara de Lisboa não tinha sequer feito o levantamento do seu património e estava à beira da falência.

Houve um surto de difteria no Bairro do Relógio, a tuberculose não estava extinta, havia trabalho infantil.

Em 85 entramos na CEE, em 1986 Mário Soares, então Presidente da República, em cuja campanha tínhamos colaborado, foi, a nível nacional e internacional, o político do ano.

1987 começou com ventania e neve no litoral, do Porto à Figueira da Foz. Em Lisboa caiu um prédio na Rua da Guia, outro na Rua do Capelão, que tinha resistido ao terramoto, mas não resistiu a sessenta anos de abandono. Um terço dos lisboetas tinha emprego precário. Amália deu um concerto no Coliseu, onde estivemos, pensando que seria um dos últimos (embora ainda fosse "a voz", estava já em declínio, mas o último concerto seria anos depois, em 94).

A Terra tinha cinco biliões de habitantes e a guerra fria ia chegando ao fim.

Em Portugal as greves continuavam, houve greve na ESBAL, a que aderiste, em fevereiro. Pouco antes da morte de Zeca Afonso. Duas listas de arquitectos acusavam a Câmara de Lisboa de ser autocrata e denunciavam a falta de um projecto para a cidade.

Numa entrevista Zenha acusava os titulares de cargos políticos de não terem responsabilidade penal efectiva e de fazerem o que queriam impunemente, o que não era compatível com um estado de direito.

Houve um boom na Bolsa e em Outubro de 87 as Bolsas de todo o mundo entraram em queda livre. Só se falava de 1929.

Tudo isto são memórias soltas, a realidade foi naturalmente muito mais complexa. No entanto ainda conservo alguns recortes de jornais, que agora folheio para recordar fragmentariamente algo do que então acontecia.

De qualquer modo no meio da crise generalizada a nossa felicidade pessoal era um bem precioso, um pequeno milagre a defender ciosamente da enorme turbulência à nossa volta.

Vivíamos em equilíbrio num país em desequilíbrio, mas acreditávamos que era um mau momento, transitório. Pediam-nos sacrifícios brutais, mas depois de uma revolução e de um período pós-revolucionário conturbado estávamos dispostos a pagar um alto preço por um país democrático e normal.

Mas não é disso que quero falar-te agora, Cecília. Prefiro falar-te do tempo só nosso que vivemos nessa altura em Lisboa.

Esses quatro anos parecem-me vertiginosos, mas sei que os atravessámos, um dia de cada vez.

Recordo-me de quando o Rui Pais nos emprestava o carro e partíamos ao fim da tarde, com um concerto de Brandenburg no leitor de cassetes. O céu é o limite, pensava acelerando enquanto a paisagem deslizava na janela, o céu é o limite.

Como se te raptasse e fugíssemos. De quê? De nada, pelo puro prazer de fugirmos juntos, num veloz movimento para a frente.

Mas não era realmente uma fuga: nada nem ninguém nos perseguia. Não fugíamos sequer à rotina porque para mim ela não existia e para ti era um hábito securizante e bem-vindo, de que não tinhas necessidade de evadir-te.

Eu gostaria de ser como tu um animal de horários e rotinas. Mas não era: agradava-me o imprevisto, o desarrumar das coisas, o rasgão no mundo conhecido para surpreender além dele uma perspectiva improvável.

Gostava de partir assim, de um momento para o outro, sem plano, à descoberta. Demorando-nos em povoados que não imaginávamos que existissem, fora das estradas principais e dos mapas, falando com as gentes da terra, que nos contavam as histórias do lugar e nos indicavam o melhor restaurante, onde eu escolhia a melhor mesa, o melhor vinho, o melhor pão, o melhor queijo de cabra e de ovelha, o melhor de tudo o que houvesse. Para ti.

O amor em hotéis casuais, abrir de manhã a cortina e ver uma paisagem desconhecida diante da janela.

Por vezes procurava adaptar-me aos teus hábitos, aprender contigo a organizar o dia, a não deixar o caos instalar-se no ateliê. Onde antes me sentia às vezes um tanto perdido, porque sempre cedi à tentação de reunir demasiados dados, demasiados materiais e objectos (que depois não organizava e deixava amontoarem-se em qualquer lado).

Era um espaço enorme, com móveis enormes – mesas de trabalho, prateleiras, móveis de gavetas – onde só eu, finalmente, era pequeno.

O ateliê condicionava a minha vida, que construía a partir dele, sobretudo agora que tinha deixado de dar aulas e passara a dedicar-me ao meu trabalho a tempo inteiro.

Encontrara-o por um golpe de sorte, depois da morte da minha mãe, numa daquelas pequenas ruas da Graça, a seguir a várias tentativas falhadas de procurar no Castelo e em Alfama. Era um antigo armazém de tectos altos, com uma porta que dava para a rua e uma janela baixa, de onde se avistava um quadrado de terra maltratado do outro lado de um muro.

Percebi de imediato as potencialidades do lugar: podia abrir entre o chão e o tecto uma janela agora entaipada, mas que já em tempos existira, e conseguir um espaço intermédio, tipo mezanino, que aumentaria o espaço útil em quase um terço.

Começava assim com uma visão um tanto megalómana. Nenhum espaço me parecia demasiado grande para os projectos que acalentava. Por causa do ateliê tinha alugado para morar um apartamento mínimo no mesmo prédio, talvez destinado a uma porteira que nunca existiu, pela comodidade de viver junto ao local de trabalho. Mas o apartamento era demasiado pequeno e obviamente sem elevador. Digamos que o espaço que por enquanto sobrava no ateliê fazia falta na casa, onde não caberiam três pessoas. Dava para uma, com muito boa vontade para duas. Mas na altura eu só contava comigo. Tinha um galerista que estava a vender quadros meus, queria passar mais um ano em Lisboa, juntar dinheiro e regressar a Berlim.

Não pensei por isso que virias para ficar, porque eu próprio não iria ficar muito mais tempo. E a casa era realmente pequena para mais do que um.

Mas tu parecias adaptar-te sem dificuldade. Gostavas da casa e do ateliê. Nunca te confessei que por vezes o sentia como um lugar inóspito onde as coisas me agrediam – a humidade no chão, junto à entrada, a tinta estalada nas portadas, a cremona enferrujada de uma das janelas.

Arrastando alguns móveis e objectos, libertámos um espaço amplo no andar de baixo, com boa luz da janela, onde instalaste o teu próprio ateliê.

A tua presença, a partir do fim da tarde ou aos fins de semana (porque continuavas a frequentar o curso) suavizava aquele lugar demasiado grande. Ficavas a trabalhar junto da janela, eu subia a escada de madeira e refugiava-me no mezanino, junto da outra janela. Aí tudo era mais pequeno e acolhedor e sobretudo menos caótico. No lugar onde trabalhava nem sequer te via, mas saber que estarias em baixo da escada, junto da janela, protegia-me de algum modo de mim próprio.

Concentrava-me no trabalho e aparentemente esquecia--te. Mas saber que estavas lá era uma música de fundo que eu nunca deixava de ouvir. Mesmo quando te ausentavas.

Às vezes chegava junto da grade de madeira do mezanino e olhava-te, pintando de pé diante de um cavalete ou sentada a uma das mesas, desenhando em folhas de papel. Concentrada também tu, sem dares conta de que eu te olhava.

Fiz vários retratos teus, olhando-te de vez em quando da grade do mezanino. Raramente posaste para mim e eu nunca posei para ti, embora também tenhas desenhado um ou dois retratos meus. Não precisávamos do modelo em pose, tínhamos outros modos de olhar-nos.

Eram dias produtivos, tranquilos, em que a minha inquietação de algum modo sossegava. O meu medo de não levar o trabalho até ao fim, de não encontrar a solução, de perder o fio condutor e ficar de repente perdido no vazio e no escuro. Que eram a outra face da febre de criar, que também por vezes me invadia. Quando me esquecia das horas e não tinha fome nem sono, não queria ser interrompido e trabalhava de modo obstinado, numa espécie de desespero, euforia ou delírio; tu entendias sem eu te dizer nada, como se houvesse entre nós uma comunicação telepática, entravas e saías com pés macios, leve como um gato, e quando te ias deitar e sabias que eu ia ali passar a noite deixavas-me sobre a mesa fatias de pão e um termo com café.

Trabalhavas de um modo muito diferente do meu. Reunias pacientemente toda a informação que procuravas, tirando notas em pequenos cadernos. Ao contrário de mim, que tomava apontamentos em folhas soltas que depois perdia, e nunca tive cadernos, os teus andavam contigo para todo o lado. Aparentemente encontravas sempre alguma coisa a guardar – a salvar – em qualquer lugar improvável.

Mas por outro lado não parecias ter pressa. Paravas muitas vezes no meio de um trabalho e podias levar muito tempo a recomeçar. O que não te angustiava, criar nunca era para ti opressivo. Como se tivesses uma capacidade infindável e todo o tempo do mundo pela frente.

Enquanto eu não suportava ser interrompido e quando começava a trabalhar esperava que tudo o que precisava viesse ter comigo, sem o desespero de ter de o procurar. Era suficientemente bom (ou suficientemente frágil?) para fazer uma obra depressa, no momento em que ela me vinha à ideia. Se a perdesse nessa altura iria perdê-la para sempre. Não havia para mim o meio-termo, nem essa possibilidade de adiar em que tu acreditavas e em que de certo modo te sentias bem, porque para lá dos trabalhos do curso tinhas projectos apenas esboçados ou planeados, que depois não começavas a concretizar. Ainda não chegou a minha hora, pensavas porventura, recolhendo, coleccionando. Mas necessariamente chegaria, acreditavas. Do mesmo modo que um fruto amadurece e as estações do ano chegam sempre.

Ou querias viver esse tempo tão a fundo que de momento vivê-lo te bastava?

Leve como um gato. E silenciosa. Assim era a tua presença-ausência, quando ficavas em casa e eu trabalhava. Estavas dentro de mim e à minha volta. Suave como um animal macio, que pertence ao lugar mas não o invade. Sabias desaparecer, e eras tão cuidadosa e sensível que eu podia absolutamente confiar em ti. Nunca deitarias fora nenhum pedaço de papel em que eu tivesse escrito meia palavra, um número, uma nota rabiscada ou riscada. Passarias pelas coisas olhando-as, interrogando-as, sem as invadir. E não irias quebrá-las. Como um gato saltando para cima de uma mesa de vidro cheia de cristais, passando no meio deles sem os pôr em perigo, com uma precisão milimétrica.

Algumas vezes fechavas os olhos, na poltrona do teu ateliê. Com o sol do começo da tarde de sábado espalhado no chão. Ou com a lua a nascer por detrás da janela.

Por vezes fechavas os olhos também ao meu lado, no carro emprestado pelo Rui, em viagens longas de noite. Sabia pela respiração quando adormecias. Por vezes pelo movimento das pálpebras diria que sonhavas, e sentia uma enorme ternura por ti, pelo teu perfil indefeso, dormindo.

E no meio de tudo isso o amor em que explodíamos, um dentro do outro, na nossa cama de todos os dias e nas camas casuais de outros lugares.

A química entre nós, aquela atracção quase magnética. Tínhamos modos de ser, sentir e pensar, estimulantes e compatíveis e, como pensei muitas vezes, também mentalmente éramos amantes. Mas não posso negar que o corpo tinha uma sabedoria só dele e a cama era o lugar número um do mundo. Todos os amantes sabem disso.

Éramos felizes, achávamos, sem palavras. Queríamos continuar assim.

Estabelecemos no entanto algumas regras, como barreiras de protecção um contra o outro:

Tinhas o mesmo direito a criar do que eu, éramos iguais. Eu nunca poderia viver à custa do teu trabalho ou do teu tempo. Disseste tu, e eu concordei. Sabia aliás que, se tivesses de escolher entre criar ou perder-me, seria a mim que deixarias cair. Se eu estorvasse no teu caminho. Mas nunca foi esse o caso. Fui sempre um estímulo e não um estorvo, ambos tínhamos consciência disso.

Dividíamos portanto ao meio as tarefas do dia a dia. Penso até que acabei por ir mais do que tu ao supermercado, e achei normal, afinal o meu tempo era mais livre. Fiz, quando calhava, o jantar para nós ambos, cozinhar descontraía-me, uma vez por outra.

Em geral comíamos sanduíches à noite, como é uso no norte da Europa mas ainda não entrou nos hábitos do sul. Alternadamente um de nós ia limpando a casa.

Estabelecemos também (isso disse eu) que, excepto nos casos em que decidíssemos trabalhar em conjunto, cada um só veria as obras do outro depois de terminadas. Não haveria interferências durante o processo da criação.

Essas coisas faziam sentido também para ti. Falávamos muitas vezes do que planeávamos, poderíamos inclusive aproveitar ideias ou sugestões um do outro. Mas depois de começar cada um deveria trabalhar sozinho. E uma vez a obra feita o outro poderia falar do que lhe parecia ter mais significado, e subjectivamente do que mais lhe agradava ou desagradava, mas não faria juízos de valor. Nunca haveria frases miseráveis de encorajamento, auxílio, paternalismo ou quaisquer outras. Cada um existia e criava ao lado do outro, mas era inteiramente independente. Embora comunicássemos, a um nível profundo, e nos influenciássemos de um modo peculiar e positivo, que não sabíamos nem nos interessava saber se seria generalizável e poderia funcionar com outros, mas funcionava connosco, que era o que importava. Eu queria salvaguardar-nos de situações desastrosas que sabia ou imaginava que existiam, noutros casos.

Lembrava-me por exemplo de partilhar a opinião bastante difundida de que Arpad era vítima da excessiva proximidade de Vieira, com o seu ar inofensivo de bicho, Ma Femme Chamada Bicho. Madame Bicho ia visitar o marido a um ateliê que ele tinha construído no jardim, para se livrar de Madame.

Ao contrário de mim ele era um homem suave, demasiado suave para impor quaisquer regras e exigir que fossem cumpridas. Não ousava enfrentá-la e impedi-la de entrar quando ela, uma vez por outra, abria a porta sem bater e perguntava:

"Je dérange?" já depois de ter entrado.

Ela tinha uma estratégia eficaz: afastava-se e deixava-o em paz por algum tempo, e quando achava que fora tempo suficiente e ele tinha obrigação de já ter realizado algo que valesse a pena, ali estava ela à sua porta, com ar tímido e curioso de discípula admirativa, que vem visitar o mestre.

"Je dérange?" perguntava com voz humilde, cheia de doçura.

E quando ele cedia, por fraqueza, em vez de fechar a porta à chave ou de gritar com todas as forças:

"Oui, tu déranges!"

ela deitava em volta um olhar voraz, via tudo no mesmo segundo em que entrava, e já saía de novo porta fora, levando a inspiração que procurava.

Dentro de dias aí estavam as ideias dele, transformadas, ampliadas, metamorfoseadas em ideias dela. Imensamente fortes, evidentes, como se tivessem sido dela desde sempre.

Então ele deitava fora os estudos e esboços em que timidamente experimentava algo de novo, que ela depois desenvolvia e pelo que recebia créditos e admiração do mundo.

Admito que nem sempre as coisas entre eles se teriam passado assim. Não seria possível aguentar isso a vida toda. Mas acredito que era muitas vezes o que acontecia.

As pessoas não sabiam nem entendiam nada porque os olhavam a partir de fora, e a doçura de Arpad era desarmante.

Cesariny julgava-os o casal mais-que-perfeito, Le Couple, a comunhão de corações entrelaçados. Mas Cesariny, que sabia tanto de pintura e de poesia, não percebia nada de mulheres.

O verdadeiro par, Le Couple, éramos nós. Criadores e amantes.

Pensando em Cesariny e em Vieira-Arpad, fiz uma série de quadros sobre nós, a que chamei igualmente *Le Couple*. Mas não somos, obviamente, reconhecíveis. A vida não era para gritar sobre os telhados nem espalhar ao vento. Bastava que a vivêssemos e fôssemos felizes. Salvaguardando o espaço de cada um, a liberdade de cada um por inteiro.

Sempre te disse que não queria filhos, mesmo antes de teres alguma vez abordado essa questão. Todas as minhas relações, como te avisei, tinham sido transitórias. E depois não era possível criar uma obra e ao mesmo tempo criar um filho. Eram tarefas incompatíveis, cada uma exigia dedicação exclusiva. Eu tinha feito a minha escolha, escolhera a obra. E era já suficientemente difícil ganhar dinheiro bastante para poder dedicar-me a ela a tempo inteiro.

Mas a certa altura percebemos, sem palavras, que tinhas vindo para ficar. A experiência confirmava essa possibilidade, dia a dia. Eu pintava um quadro depois de outro, com um entusiasmo que antes não tivera. Adiava o regresso a Berlim, por causa de uma mulher. Por amor dela ia ficando em Lisboa. Poderia ficar em Lisboa a vida toda, pensei algumas vezes. Só quereria partir se tu também quisesses.

Ias vivendo, registando, fazendo esboços. Atenta, concentrada.

Mas eu sabia que era uma obra que ias preparando. Arrumavas os esboços e cadernos numa gaveta da cómoda – onde não ficariam imóveis, iam crescendo também dentro de ti, no escuro. Para um dia aparecerem à luz, numa outra forma, quando tornasses a abri-los e a trabalhar sobre eles.

Mas por enquanto adiavas. Ainda não, pensavas, sentando-te ao sol, que se espalhava no chão do ateliê. Ainda não chegou a minha hora. Gozemos esta espera, este tempo provisório.

As mulheres gostam de esperar, pensei algumas vezes olhando-te, sem que desses conta, do mezanino. Sorrias para ti própria e parecias feliz, pondo uma jarra de flores em cima de uma das mesas. Ou sentando-te na poltrona, ao lado da janela.

Sonhando talvez secretamente – pensei muito mais tarde – um sonho que não contavas:

Fica aí quieto um instante, meu filho. Vou ali e já volto, não demoro nada.

Vou num pé e venho noutro, como dizem as pessoas crescidas, que é como quem diz, vou a voar e volto.

Nem vais notar a minha falta, vou como se não fosse e ficasse. Por isso não chores, não tenhas medo, não sintas a minha falta. Vou ali em dois segundos, fazer uma obra-prima. E quando voltar já a trarei na mão e verás como ficou bonita.

Perdoa-me por te deixar um instante. Há uma coisa que brilha só para mim, ali adiante, vou colhê-la e volto, como se apanhasse uma flor. Para te dar. Tens uma mãe voadora, uma mãe mágica, que faz coisas incríveis, que depois te contarei.

Não quero deixar-te, mas agora tenho de ir apanhar aquela coisa que brilha e a qualquer momento vai desaparecer, como uma bola de sabão.

Não chores e deixa-me ir. Por favor não precises de mim neste instante, não grites por mim logo agora. Não me obrigues a escolher entre ti e essa outra coisa, porque se me obrigares a escolherei a ela. Se não for apanhá-la morrerei. Então não terás mãe, eu estarei morta. Por isso não chores e deixa--me ir. Eu juro que vou voltar.

Juro que vou voltar mas cada vez fico mais longe, entrei para dentro de um sonho e quero sonhá-lo até ao fim.
Sim, é claro que penso em ti, sinto o teu peso nos braços, mas o meu corpo tornou-se muito leve, como se pudesse voar agitando as mãos. Há espaços que se vão abrindo, a cada movimento que faço, e novas coisas surgem, que antes eu não via.
Uma música soa, dentro e fora de mim, e agora é ela que me leva consigo. Há uma coisa que brilha e me pertence, mas parece recuar, quanto mais eu voo na sua direcção, uma coisa que me cega e me intriga porque não consigo vê-la, para lá do seu brilho, só sei que existe fugazmente e desaparece se eu não chegar a tempo, está lá para mim um instante mais e vou morrer se não puder colhê-la –

Não sabias que era uma coisa maldita. Que essa coisa que brilhava e fugia à tua frente não era um milagre, mas uma maldição.
Ainda não sabias que as obras são egocêntricas, exclusivas, absorventes, feitas de egoísmo puro e duro, e são geradas e vêm à luz sempre entre a realização e o fracasso.
E eu também não to disse. Chegaria o momento em que descobririas isso sozinha, e passarias a viver entre o céu e o inferno. Como eu.

Ou sabias, e por isso adiavas? Ainda não querias realmente começar porque sabias a dureza do caminho que, uma vez iniciado, não parava nunca? Preparavas-te por isso o melhor possível em terra, ganhavas força antes de soltar as amarras e lançar-te ao mar?

Esse momento de espera podia ser doce: suspenso, cheio de promessas.

Talvez secretamente (pensei muito mais tarde) sonhasses esse sonho que não contavas: conseguir tudo na vida, uma obra *e* um filho.

Mas tinhas os pés no chão e tomavas a pílula. A maior das descobertas, a verdadeira liberdade, o fim do medo, pensei inúmeras vezes, amando-te. A pílula, muito mais importante que ir à lua.

Quatro anos é um pedaço de tempo muito pequeno. E, olhado de longe, parece relativamente homogéneo. Poderia dizer que foram sempre dias felizes, e de algum modo relativamente iguais.

Mas não estaria a ser exacto. Um dia, no terceiro ano, aconteceu algo diferente. Estava no mezanino, embrenhado no trabalho, e não me apercebi de nada.

Só quando desci a escada, horas mais tarde, verifiquei que alguma coisa se alterara: enrolado num pano, em cima da tua saia, havia um gato muito pequeno.

Sorriste e puseste um dedo nos lábios, para me indicar que não falasse. E foi em voz quase baixa, para não acordar o gato que dormia, que me contaste que o tinhas encontrado, com um miar sufocado e aflito, na parte de baixo da janela.

Tinhas ido à rua buscá-lo, ele deixara-se agarrar sem resistir, tinhas-lhe dado leite e embrulhado num pano. E agora ele ali estava, dormindo no teu colo, e tu parecias feliz.

– Então agora podes voltar à rua e devolvê-lo à procedência, respondi, contrariado. Tem com certeza uma família. Que deve andar aflita à procura dele.

Mas tu achaste que não, era um gatinho pequeno, abandonado, não poderia sobreviver sozinho. Além de que nunca terias coragem de o pôr de novo lá fora, à fome e ao frio, depois de lhe teres aberto a porta.

Na tua ideia, a família dele éramos agora nós, entendi. Doravante ele faria parte da casa.

Encolhi os ombros, de puro cansaço. Para já que se lixasse, pensei. O gato ficaria apenas de passagem. Porque é claro que eu nunca iria tolerar um gato.

Mas não estava disposto a discutir isso na altura. Atalhei, com alguma brusquidão:

– Vou tomar um banho e vamos jantar.

Chamaste-lhe Leopoldo. Era um gato amarelo e branco, vadio, um gato dos telhados de Lisboa. Igual a todos os outros que se vêem nas ruas, esfomeados à beira das sarjetas, fugindo dos cães, escondendo-se debaixo dos carros.

Sempre me irritaram os gatos vadios e mais ainda os caseiros, estimados por velhas sem outra companhia, esses gatos que cabiam exactamente no peitoril das janelas baixas, encostados aos vidros, sentindo-se quentes e aconchegados do lado de dentro, e olhando com indiferença quem andava lá fora à chuva – olhando ironicamente para mim, que me encolhia dentro da gabardine, levantando a gola na ilusão de proteger-me, porque como sempre tinha perdido em qualquer lado o guarda-chuva.

É verdade que detestei Leopoldo e fiz tudo o que podia para que se fosse embora. Deixei aberta a porta do ateliê e as janelas, cheguei a deixá-lo no passeio e a fechar a porta da rua, quando não estavas em casa.

Mas ele vinha sempre, como no primeiro dia, miar baixinho debaixo da janela, no lugar onde o tinhas encontrado. E eu acabava por tornar a recolhê-lo, para que não soubesses que eu procurava desfazer-me dele.

A minha ideia era resolver de algum modo a sua ausência, definitivamente, e confrontar-te com o facto consumado, como se fosse pura casualidade:

– Deve ter encontrado uma janela aberta no ateliê, e desapareceu. Não é de estranhar, agora que o tempo melhorou. É primavera e já não chove. E afinal de contas era um gato vadio.

Mas não sabia exactamente como fazê-lo desaparecer sem violência.

Em desespero de causa, sugeri-te que o oferecesses para adopção à Sociedade Protectora dos Animais. Fizeste em absoluto orelhas moucas.

No dia seguinte telefonei eu próprio para lá quando saíste. Já tinham demasiados animais e poucos candidatos a adoptá-los, de momento não aceitavam mais nenhum.

Tentei a Associação de Protecção aos Animais Errantes, que me pareceu um lugar muito mais apropriado, porque ele era na verdade um animal errante. De tal modo que viera miar para debaixo da janela errada, da casa errada, das pessoas erradas. Já éramos sem ele uma comunidade e não aceitávamos a entrada de outros membros. Não tínhamos aberto concurso nem candidaturas. Ele tinha-se intrometido, sem mais nem menos. Tinha de entender isso e sair porta fora, retomando o seu destino de animal errante.

No entanto o gato não tinha aparentemente a menor intenção de se ir embora. Pelo contrário, instalara-se. E chamava seu ao que era, de pleno direito, nosso. Escolhia com descaramento o melhor lugar no sofá, enroscava-se na minha cadeira ou na tua, procurava o melhor sítio no tapete da marquise, da parte da tarde, quando o sol lá batia.

Ocupara assim não só o ateliê mas também a casa toda, e tomava posse dos lugares que lhe pareciam mais convenientes, conforme a hora do dia e a altura do sol.

De manhã o seu lugar preferido era a nossa cama, ainda quente do teu corpo e do meu; para meu escândalo e indignação, encontrei-o várias vezes escondido nas dobras do edredom, debaixo do qual ou sobre o qual nos tínhamos amado. Enxotei-o com veemência, com o primeiro sapato que encontrei:

– Raio de gato, enfureci-me, da mesma maneira que me enfurecia e o fazia saltar para o chão quando o encontrava enroscado na melhor poltrona ou na melhor cadeira. Como se fosse o dono da casa, esquecido de que os donos da casa éramos nós.

Discuti finalmente contigo, abertamente:

Se insistias em ter um animal, que fosse ao menos um cão. Encontrei todos os argumentos, a meu favor e a favor do cão:

Era um amigo, sempre pronto a dar e a receber afecto. Viria a correr ao nosso encontro quando chegássemos, saltando de alegria à nossa volta, sempre pronto para ir connosco à rua ou para ficar em casa, conforme o nosso desejo, aceitaria sempre os nossos planos, latindo de prazer. Um cão dá e retribui amor, dá aliás muito mais do que recebe. Não há no mundo melhor amigo, estava escrito nos livros. Na *Odisseia*, inclusivamente. Quando Ulisses regressa a casa, à sua espera só encontra o cão, o velho cão decrépito, atirado para um monte de esterco, que ficou à espera dele para morrer. Porque um cão era assim: dava o coração por inteiro.

Livrávamo-nos de Leopoldo, e comprávamos um cão.

De resto, agora me lembrava, eu sempre tinha querido ter um cão. Chamar-lhe-ia Argos, como o cão de Ulisses.

Mas tu foste completamente inamovível. Não tinhas culpa se eu nunca tinha tido um cão. Se fazia tanta questão, por que não me lembrara disso mais cedo? Por que não saíra a correr comprar um, antes de Leopoldo ter chegado? A palavra "cão" nunca saíra da minha boca, e apostavas que nem de longe me passara pela ideia. Só pensava nisso agora porque não gostava de Leopoldo. Nem sequer percebia que não se podia mandá-lo embora, depois de o ter deixado entrar em nossa casa. À sua maneira também ele era um amigo, e não se podia trair um amigo. E eu não podia acusá-lo constantemente de todos os defeitos. Sobretudo do defeito maior de não ser cão.

Devo de facto ter-te feito queixas dele vezes sem conta. Até que um dia, em cima da cama, no lugar onde costumava encontrá-lo enroscado, encontrei uma carta assinada "Leopoldo".

As queixas vinham agora do lado dele, que se indignava com a injustiça com que eu o tratava sempre, acusando-o a cada passo de tudo e de nada. Quando na verdade a boca dele nunca se abrira para dizer mal de mim. Nunca, por nunca ser.

Pois alguma vez eu o tinha ouvido insinuar: o Paulo Vaz sentou-se na minha cadeira, saltou para a minha cama ou para cima do meu jornal? O Paulo Vaz largou pêlos no meu edredom, na minha almofada, no meu tapete?

Não, nunca ele tinha feito queixa de mim, uma única vez que fosse. Além disso tratava-me pelo meu nome, Paulo Vaz, não dizia simplesmente "o homem", enquanto eu não me dignava a reconhecer que também ele tinha um nome e lhe chamava sempre, sobranceiramente, "o gato". O que o ofendia e desgostava, porque "o gato" era uma designação genérica, enquanto que ele era único, diferente de todos os outros, e tinha por isso um nome: Leopoldo. Era um indivíduo, com personalidade própria, da mesma forma que eu, e com o mesmo direito.

E só uma grande falta de sensibilidade da minha parte me levava a recusar-me a reconhecê-lo como indivíduo, a confundi-lo com a espécie e a chamar-lhe simplesmente "o gato".

Nunca pensei que essa carta divertida e ridícula que te tinhas entretido a escrever-me mudasse o que quer que fosse na minha relação com a criatura – a que agora, uma vez por outra, chamava ironicamente Leopoldo.

Só mais tarde me ocorreu que foi talvez a partir dessa altura que lhe prestei atenção pela primeira vez, e vi, com olhos de ver, aquele intruso.

Descobri por que razão lhe deras aquele nome improvável, quase imperial, de Leopoldo, por que razão às vezes lhe chamavas Leo. Ele tinha um leão no seu nome. E era cor de leão, amarelo.

Ali estava portanto o leãozinho que te deram na infância e viste partir depois: recuperava-lo, de um modo diferido, degradado em gato, o que no entanto te parecia suficientemente satisfatório, dadas as circunstâncias. Um pequeno leão doméstico, que ao contrário do outro nunca iria crescer nem deixar-te.

Mas que apesar das aparências não perdera o seu lado selvagem. Fingia adaptar-se a nós mas a selva brilhava, no fundo dos seus olhos verdes, na ponta das garras de felino com que arranhava cadeiras e cortinas, na ferocidade com que um dia em que o enxotei com mais veemência se virou contra mim e me enfrentou bufando.

Comecei a observá-lo, dormindo à tarde no parapeito da janela ou no chão da marquise, estendido a todo o comprimento, com as patas abertas e o sol batendo em cheio na barriga:

Tinha um rasgão triangular no lugar da boca e um dente de fora, o que lhe dava um vago ar de morcego ou de vampiro. Ressonava compassadamente como uma mulher velha surpreendida em flagrante na sua intimidade. O dente de fora era como uma peça de roupa íntima espreitando.

Dei comigo de repente a desenhar o gato, a fazer múltiplos esboços de gatos, olhados de modos diversos, que a mim próprio me surpreendiam.

Estávamos os dois o dia inteiro sozinhos, no ateliê ou em casa, e eu tinha tempo de sobra para o usar, servindo-me de pretexto ou de modelo. Agora de repente ele podia ser útil: eu olhava-o. Não tinha portanto apenas a fraca serventia de deixar que lhe fizesses festas, quando à noite te saltava para o colo.

Até então eu achara que era essa a única retribuição que dele se obtinha, em troca das centenas de latas de comida que exigia e das dúzias de sacos de areia que nos obrigava a arrastar pelos corredores dos supermercados, e nos fazia trocar depois em casa no caixote, antes que ficasse demasiado mal-cheirosa. Porque Leopoldo era demasiado imperial para ir aliviar-se à rua.

– Só os cães é que vão à rua, não se pode levar um gato, dizias tu, talvez com medo de que ele fugisse ou fosse atropelado.

É verdade que ele era uma criatura relativamente asseada, fazia uma covinha e tapava com areia os excrementos, mas calculava mal a força e atirava com a areia para o chão. Além de que, provavelmente para marcar o seu território, urinava sempre para fora do caixote e era preciso ir depois limpar em volta com a esfregona molhada em detergente ou lixívia.

É óbvio que deixei sempre para ti essas tarefas, já que a interessada em mantê-lo eras tu. E assim te fazias criada dele, servindo-o, a troco de ele se dignar permitir que à noite lhe fizesses festas, ao canto do sofá.

Mas agora que passara a servir-me de modelo tinha mais alguma utilidade. Chegara a minha vez de usá-lo, à revelia dele próprio: podia explorá-lo, fazendo-o posar para mim gratuitamente, vinte e quatro horas por dia se quisesse, porque ele nem sequer dava conta.

Comecei realmente a olhá-lo. Descobri os seus tiques, as suas rotinas, os seus esconderijos, mesmo os mais secretos: dentro de gavetas, de armários, debaixo de bancos, de cadeiras, da mesa da cozinha. Encontrei-o a dormir sobre um tapete debruado a pele de ovelha, porque se parecia de algum modo com ele próprio. Ou era o que de mais parecido com ele havia dentro da casa.

Surpreendi-o a cheirar com curiosidade e delícia uma planta que tinhas posto num vaso, em cima da máquina de lavar a roupa. Caminhava em volta, farejando-a, enterrando os bigodes nas folhas, deitando-se debaixo delas como se fossem árvores.

O prazer do gato descobrindo a planta, a planta alter ego do gato, a planta animal modificado. A planta no sonho do gato: misteriosa, um ser de outro mundo, vegetal, que também precisava de alimentar-se, também como ele respirava e crescia.

Surpreendi-o olhando, curioso, o rebentar de novas folhas, o surgir de um botão. E o abrir do botão – uma flor: o fascínio do gato diante da flor, a boca e os bigodes tremendo.

A planta mensageira de outro mundo, que ele não conhece mas cuja existência pressente, para além do universo conhecido: as paredes da casa, o corredor, as portas e janelas. Há outra coisa, lá fora. Outra coisa que ele não consegue imaginar, mas adivinha.

Leopoldo à janela. O seu perfil insignificante, a cabeça cortada ao meio pela portada, deixando ver um só olho.

Os bigodes inquietos, movediços. A sua vida de semi prisioneiro, espiando, sentado no peitoril, farejando o ar limpo, para lá do vidro aberto, suspeitando que as criaturas aladas que soltavam gritos agudos ao cair da tarde, no verão, e que ele perseguia com olhos deslumbrados, até deixarem de ser visíveis no céu – suspeitando que essas criaturas voláteis, enervantes, eram irresistivelmente comestíveis.

Em sonhos ele sabia isso e ficava inquieto – muitas coisas ele sabia, mas só em sonhos. Por exemplo, a crueldade em estado puro, que guardava dentro de si e nunca desaprendeu: poderia cravar os dentes na carne tenra de um pássaro, bem seguro na boca, mas debatendo-se, trémulo, até que um estertor mais forte na zona do coração ou do pescoço lhe fizesse sentir que os seus dentes e as suas garras tinham levado a melhor na luta. Então poderia pousá-lo no chão suavemente e arrancar-lhe as penas com as patas, para melhor lhe cravar os dentes na carne ainda viva, posta a nu, mais clara e revestida de uma pele gordurosa e macia.

Essas e outras coisas ele sabia. Sem nunca as ter experimentado.

Por isso elas o inquietavam, o faziam saltar do parapeito da janela e andar em sobressalto, nos dois metros de cimento que o separavam do muro, demasiado alto para saltar, sobretudo porque não tinha espaço para ganhar balanço antes do salto.

Tudo isso ele avaliava com rigor, andando para cá e para lá, entre a casa e o muro. Sempre demasiado alto. Acima dele, todavia, havia o céu. E o sol era um olho enorme, espreitando.

E à noite, sobretudo no verão mas também no inverno, uma coisa luminosa e clara ia crescendo e inchando, muito acima do muro mas por vezes parecendo pousar sobre ele, até ficar uma bola branca, inteira e desafiadora.

Nas noites de lua cheia ele ficava no pequeno corredor de cimento entre o prédio e o muro, esperando que alguma coisa acontecesse, não imaginava o quê mas era sempre possível que alguma coisa acontecesse. Mesmo de dia isso era possível. Havia por exemplo o calor do sol, que era já em si surpreendente, apesar de se repetir todos os dias. E havia o vento, que trazia até ele todo tipo de cheiros. Podia ficar a manhã inteira a tentar decifrá-los, sobretudo aos que não conhecia.

E de repente, debaixo do sol, nesses poucos metros de cimento morno, podia aparecer uma lagartixa. Se ele estivesse atento e fosse mais rápido do que ela, sobretudo se conseguisse adivinhá-la antes de vê-la, era possível que conseguisse saltar no instante exacto em que ela desaparecia numa frincha do muro, deixando atrás de si um pedaço da cauda, uma coisa ainda viva que ele agarrava com as patas.

Esses pequenos deslumbramentos quotidianos: as coisas revelando-se, perante os olhos fascinados do gato.

E também a frustração dos gatos domésticos, citadinos, criados em andares, sem espaços livres, gatos neuróticos, prisioneiros, andando em roda da sua própria cauda.

Os que um dia caem de um quinto andar (inadvertidamente, pensam os donos, adormeceu e caiu, foi um acidente. Não lhes ocorre que ele não aguentou mais e se deixou cair). Os gatos de outros bairros, e sobretudo de outros tempos em que havia casas pequenas, de um só piso, portas entreabertas, janelas baixas, pequenos muros corridos, relações de vizinhança e quintais.

A inquietação e a angústia de Leopoldo, as fórmulas mágicas que inventava para obrigar o universo a obedecer ao seu desejo: quando saías, por exemplo, ele ocupava o teu lugar. Sentar-se na tua cadeira era uma forma de negar a tua ausência, preenchendo-a com o seu corpo. Obrigava-te a voltar, pondo o seu corpo no lugar do teu.

Era possível portanto que uma parte dele nos amasse. Por isso ele à noite te saltava para o colo, em busca de carícias. A tua mão passava-lhe no pêlo como uma língua enorme, tranquilizadora. Ele ia ter contigo em busca de prazer, lambia-te as mãos e a cara para te dar prazer. Os animais lambem para dar e receber prazer. Como os humanos.

Imóvel, sentado sobre o tempo, olhando o mundo com olhos semicerrados, através de uma fenda muito estreita. Só em parte connosco, a outra parte num outro lugar que não nos dizia respeito, porque ele preservava de nós a sua intimidade e os seus segredos e não exteriorizava sentimentos. Talvez com medo de não ser correspondido?

Aparentemente era frio e olhava-nos com indiferença, pensei primeiro, apenas prezava a casa e o seu lugar dentro dela, nós éramos meros servidores do seu conforto. Inquietava-se se haveria ou não água, leite, comida, areia mudada, e podia mesmo vir reclamar alguma dessas coisas, roçando-se nas nossas pernas para se fazer lembrado. De resto, podíamos desaparecer. Mas isso, via agora, era só uma parte da verdade. Ele tinha uma relação connosco, apesar desse seu lado não domesticado, que sempre conseguiu manter, apesar de milénios de dependência dos humanos.

Esse lado, eu partilhava-o profundamente com ele. Era-me fácil por isso entendê-lo, segui-lo, ou persegui-lo, no meu modo feroz de trabalhar: olhando-o de todas as perspectivas com uma atenção ilimitada, entrando de algum modo dentro dele e vendo o mundo através dos seus olhos em fenda.

Agora eu olhava o ateliê e o interior da casa, que surgiam como elementos centrais nos quadros. Sempre fora um homem de viagens, do mundo, dos grandes espaços livres, mas agora descobria outros: secretos, íntimos, fechados. Leopoldo levava-me a descobrir o lado interior das coisas.

Desenhei-te e pintei-te finalmente também a ti, nesse contexto. Com o gato, dentro do mundo do gato.

Vendi em pouco tempo quase todos os desenhos e pinturas, excepto as que quis guardar, porque achei que representavam um determinado momento do meu percurso. Por alguma razão, achei que poderiam ser relevantes algum dia.

Numa delas estás sentada a tricotar numa cadeira baixa e o gato dorme ao teu lado, enroscado num cesto. A cadeira e o cesto mergulham num abismo interestelar, de que a mulher e o gato fazem parte. A mulher nunca vai acabar de fazer malha, ouvindo, muito baixo, o ressonar do gato. Estão sozinhos, mas profundamente felizes, na imensidade de um momento cósmico vazio.

É um instante de pura existência, e de pura inconsciência, numa dobra do tempo. A mulher não deseja mais nada senão aquele silêncio onde pode continuar a ouvir o ressonar do gato, o gato não deseja mais nada senão continuar adormecido, embalado pelo tinir muito fino das agulhas que a mulher maneja e pelo som quase imperceptível do desenrolar do fio. Estão ambos ligados, num instante sem fim, como dentro de uma cápsula do tempo, imunes à imensidão do espaço exterior a eles próprios.

Ou ainda outro: o tédio do tapete, da vida atrás dos vidros. O gato culpado por janelas e vidros, culpado por não se atrever a atravessá-los. Sentindo que poderia, se quisesse, atravessar paredes, transformar-se num leão ou num tigre, ou num gato maligno, enfeitiçado, voando sobre um cabo de vassoura. Mas resignando-se a ficar, a tornar-se mais ou menos decorativo, no meio de outros objectos da casa. Fingindo-se distraído, mas reflectindo e olhando. Medindo os prós e os contras de ficar. Porque tem, apesar de tudo, uma janela aberta.

Hesita, de repente, sem saber aonde pertence: se aos grandes espaços livres, aos telhados inclinados sob a chuva, se aos pequenos espaços domésticos onde se esconde, dentro dos armários.

Fixei esse momento em que ele hesita, porque está perdido: entre o salto, que parece começar a formar-se na articulação forte das patas traseiras, quase em ângulo recto, e o fracasso do salto no gesto de pôr saliva na pata e de ficar um instante com o ar especado de um canguru, com uma pata no ar, que parece muito curta de repente.

Esses trabalhos das séries O *gato* e *Cecília e o gato* (ou a que depois chamei assim) renderam bastante mais do que eu supunha, sobretudo atendendo a que foram apenas meia dúzia de semanas de trabalho intensivo.
Não posso portanto negar que Leopoldo acabou por ser útil; à força de olhá-lo tinha acabado por me habituar a ele, e foi com sobressalto que um dia te ouvi dizer calmamente:
— O veterinário acha que está na altura de castrá-lo.
— Está na altura de quê? gritei, como se não tivesse ouvido.
— De castrá-lo, suspiraste. Mas a verdade é que não consigo suportar essa ideia.
Informei-me do assunto, que me ocorria pela primeira vez. Toda a gente que consultei me respondeu que não havia alternativa: essa história de acasalamento dos animais de companhia por anúncio de jornal fazia-se com cães ou gatos de raça, mas Leopoldo não tinha raça e ninguém ia querê-lo para cobrir uma gata de estimação. Só poderia ambicionar gatas da rua, mas não se podia deixá-lo à solta no meio dos carros, à procura de parceira. Também não se podia deixar como estava, porque os gatos não castrados entravam em desespero em janeiro, subiam pelas paredes, assanhavam-se, enchiam de esperma tapetes e poltronas, almofadas e lençóis e haveria pela casa um cheiro entranhado que nunca mais saía.

— Mais uma razão para nos desfazermos dele, irritei-me quando chegaste à noite. Esse gato só nos traz chatices.

— Também trouxe outras coisas, disseste, imperturbável. Inclusive dinheiro.

— Como se o talento fosse do gato, explodi.

Saltaste sobre isto sem comentário e não disseste mais nada.

No dia seguinte, quando saíste para as aulas, peguei em Leopoldo e pu-lo na rua.

— Pira-te, disse-lhe. Põe-te depressa ao fresco, enquanto é tempo.

Ele ficou quieto, na borda do passeio, sem dar um passo.

— Querem capar-te, meu. Não sejas estúpido e desaparece.

Era um aviso leal, de macho para macho.

Mas em vez de fugir ele largou a correr na direcção da porta e entrou no ateliê. Peguei-lhe para o voltar a pôr na rua mas ele começou a torcer a cabeça e a aguçar as unhas, bufando. Estava disposto a morder-me e arranhar-me, se insistisse.

Então larguei-o e ele entrou a correr, antes de mim, no ateliê. Foi a última vez em que ele foi realmente um gato, pensei.

No dia seguinte levaste-o ao veterinário. Chegaste quase tão exausta como ele.

— Odiou ir dentro do cesto, disseste. Dava voltas sobre si próprio, tentando forçar a porta. Não suportava nem mais um segundo estar ali.

Eu não queria ouvir. Precisavas de desabafar, mas não deixei.

— Poupa-me, gritei, irritadíssimo. Afinal de contas o gato é teu.

— Mas não aconteceu nada, disseste tranquilamente. Levei-o ao veterinário, mas tornei a trazê-lo como estava. Não tive coragem de o deixar capar.

Quando chegar a altura, ele que se aventure pela rua, acrescentaste, para meu espanto. Antes morra atropelado do que deixe de ser quem é. Teremos de lhe abrir a porta quando ele quiser. Só isso.

Foi em parte por os trabalhos das séries *O gato* e *Cecília e o gato* se terem vendido tão depressa que me enchi de optimismo e aventurei a comprar o ateliê. O senhorio pedia pouco e facilitava o pagamento, eu ainda tinha uma boa reserva do dinheiro herdado, o Rui assegurava que valia a pena, poderíamos sempre alugá-lo, ou vendê-lo em melhores condições devoluto.

Assinei a escritura, e fomos nessa noite aos fados com o Rui e a Teresa, o Tiago, a Mariana e o Orlando.

Lembro-me de que estavas entretanto a acabar o curso, e de repente, pondo de lado o que a Escola te exigia, começaste a trabalhar por tua conta e risco. Foste buscar como tema os santos de Lisboa, tinhas já desenhado uma quantidade de esboços: tal como os vias, tinham-se escapulido das igrejas, fazendo um manguito a baldaquinos, turíbulos de prata, tocheiros dourados, galhetas de cristal, capelas de jade e pedrarias, saltavam dos altares e iam para a rua dançar. Escapavam da cúria, do patriarcado, da encenação sumptuária e intimidatória de Roma e dos Príncipes da Igreja, que se contam entre os grandes deste mundo, fugiam das palavras solenes, dos gestos teatrais, do púlpito, do eco dos sermões e das prédicas, do cheiro das velas, dos mortos e das sacristias, fugiam de tudo isso e iam para a rua dançar.

Em volta o povo olhava, embasbacado, vendo aquilo que já sabia, mas não se atrevia a saber, que os santos eram como nós, de carne e osso. Os esboços, em meia dúzia de figuras, deixavam perceber a história toda: tinham-se cansado de estar mudos e quedos em cima dos altares, transformaram-se em santos de roca, com cabeça, pernas e braços amovíveis, que se podiam pôr em posições diferentes, e começaram a vestir outras roupas conforme a ocasião. Essa tinha sido a sua primeira ousadia, pé ante pé, como quem não quer a coisa. A seguir chegaram-se aos actores e bonifrates, espreitando o que se representava no Pátio das Comédias, assistiram às festas da rua, a princípio disfarçados, no meio das pessoas, e depois deram as mãos a quem calhava, entraram na roda, misturados com o povo, e a festa já não se podia fazer sem eles. E portanto agora ali estavam nos bairros populares em Junho, bebendo vinho e comendo sardinhas como qualquer um e dançando.

São Jorge dançava com a princesa que tinha libertado do dragão, e depois, quando a princesa ia dançar com outro, dançava com o dragão, mesmo já sem rabo e sem cabeça. São João dançava com uma freira sem sapatos nem touca nem véu, São Pedro dançava com uma noiva, que tinha todo o ar de ser a sua, porque se ria muito para ele, corada e gorda,

Santo António estava vestido de magala porque acabava de assentar praça, e ia dançar com a criada, que descia com a ajuda dele por uma escada encostada à janela. São Roque dançava com o cão.

Eu olhava os esboços e ria-me contigo, e depois abracei-te. Tinhas começado em grande força e nunca mais irias parar, a partir de agora. Era indiferente o curso, não importava a Escola, a ESBAL ou outra, havia o mundo.

Havia o mundo, para nós. A receita infalível era talento e trabalho, talento tínhamos de sobra, e o trabalho só dependia do esforço e da vontade. Chegaríamos lá. Podíamos montar na vespa e acelerar.

E então houve um dia em que vieste ter comigo ao mezanino. Não olhaste para o quadro em que eu trabalhava nem te aproximaste. Disseste apenas:

– Quando puderes interromper, quero falar contigo.

Alguma coisa devia passar-se, pressenti, porque continuavas à espera ao cimo da escada. Deixei o quadro e aproximei-me.

– Abraça-me, disseste, abraçando-me primeiro. Abraça-me com muita força.

Quando te abracei sorrias, o que me tranquilizou. Por um momento tinha chegado a pensar que me irias dar uma notícia má, porque me parecias grave e insegura. Os teus pais, algum dos teus pais adoecera ou morrera, cheguei a pensar.

Mas agora parecias feliz, aninhada contra mim, de olhos fechados. Tudo estava bem, portanto. Tinhas vindo em busca de ternura, para compensar alguma contrariedade do teu dia.

Beijei-te os olhos, esperando que falasses. Quando os abriste olhaste para dentro dos meus até ao fundo.

Ficaste ainda um instante calada e depois disseste que estavas grávida. Desatei a rir porque achei que brincavas, embora me parecesse uma brincadeira de mau gosto. A pílula era uma boa protecção, sempre senti que estávamos seguros.

– Deixei de a tomar, acrescentaste como se me lesses o pensamento. Há alguns meses.

Recusei-me a acreditar no que ouvia. E como não dizias mais nada enfureci-me, sem atinar com as palavras, tantas e tão diversas me vinham à cabeça.

Não sei quanto tempo isso durou. Não sei realmente o que disse, o que gritei, que coisas fui lançando contra ti: não era possível. Tomavas uma decisão dessas sozinha? À revelia de mim, contra mim? Apesar de tudo o que tínhamos pensado e decidido? Mentias-me, portanto?

– Não podemos ter esse filho, disse finalmente, ofegante, em tom mais baixo, sustendo a torrente de palavras e tentando recuperar alguma calma. Um médico, ocorreu-me. Precisávamos urgentemente de um médico.

Vou telefonar ao Rui, anunciei começando a descer a escada.

Mas tu galgaste dois ou três degraus e puseste-te na minha frente, travando-me o passo, como se o Rui estivesse ao fundo da escada e tudo se fosse consumar naquele instante.

– Não quero, gritaste, alterada, num tom definitivo, pronta a desafiar-me a mim, ao Rui Pais e ao mundo. Não quero.

– Como, não queres? Enfureci-me. Não podias ser tu a decidir sobre o que não te dizia respeito só a ti. Ou, se querias decidir sem mim, então eu também tinha o direito de decidir sem ti.

De repente vi-te rolar pela escada abaixo, soube que antes de caíres eu te tinha empurrado, sacudido pelos ombros e encostado contra o corrimão, soube que te tinhas debatido e tentado soltar, que te empurrei com mais força e te apertei contra o corrimão com os punhos cerrados, com os joelhos, soube que tinha desferido golpes contra ti, contra o teu ventre, antes de te empurrar pela escada e de teres caído, depois do último degrau, e de ficares enrodilhada no chão, com sangue debaixo de ti, manchando-te o vestido, como depois se viu quando os maqueiros chegaram e te meteram na ambulância, e eu entrei contigo e me sentei ao teu lado, enquanto a sirene tocava sem parar, a caminho do hospital.

Tinhas os olhos fechados e não disseste uma única palavra, como se tivesses desmaiado. Eu chorava sem som, falava sem som, como se nada daquilo fosse real e não pudesse estar a acontecer.

Mas estava a acontecer, e só o trajecto, no meio do trânsito, com o som angustiante da sirene, me pareceu interminável.

Depois foi tudo muito rápido, já te tinham levado, deitada na maca, através de uma porta de vidro, e agora faziam-me perguntas, escreviam numa folha de papel, pediam a tua identificação e documentos.

Fiquei à espera na sala, ou a vaguear pelos corredores. De vez em quando ia lá fora fumar um cigarro e voltava a entrar, sentava-me numa cadeira e tornava a levantar-me, sem saber o que mais fazer para enganar o tempo. Finalmente um médico veio ter comigo, disse que, se tudo corresse como previsto, precisavas de vinte e quatro horas de repouso e terias alta. E que, como era óbvio, tínhamos perdido a criança.

Foi-se embora e a primeira coisa que me ocorreu foi ficar vinte e quatro horas à tua espera, sem sair da cadeira onde me tornara a sentar. Depois vi o absurdo da situação e fui para casa. Ou antes, escondi-me em casa, com vergonha de mim, com vergonha de ter subitamente enlouquecido, de agredir-te e de continuar depois a mentira e a loucura, a sangue frio.

– Caiu na escada, tinha dito no hospital, quando me fizeram essa pergunta e outras. Foi um acidente. Estava grávida, sim. De pouco tempo, cerca de uns dois meses, não sabíamos ao certo. Irias ao médico dentro de alguns dias, já tinhas marcado consulta. Quando o acidente aconteceu.

E depois de mentir com tanta convicção ali tinha ficado, sozinho comigo mesmo, sem conseguir mentir mais. Como se esperasse um veredicto, de um qualquer tribunal que não havia.

Ou como um pai ansioso, que não consegue acalmar o nervosismo, temendo pela saúde da mãe, que levaram de urgência para uma sala de partos. Um pai? Eu tinha sido um pai, ainda que por um tempo muito breve?

Voltei muito cedo na manhã seguinte, sem me ter despido nem mudado de roupa. Tinha-me estendido tal como estava sobre a cama, por volta das duas da manhã.

Deixaram-me ver-te. Ainda dormias, tinham-te dado um sedativo. Fiquei durante horas ao teu lado, vendo-te dormir.

Finalmente uma enfermeira acordou-te, deu-te um copo de chá morno e fez-te tomar dois comprimidos.

Peguei-te na mão, mas não me olhaste. Não retiraste a mão mas ficaste quieta, olhando em frente como se estivesses morta.

Depois a enfermeira mandou-me sair, para tratar de ti e mudar-te a roupa. Quando voltei estavas de novo deitada de costas, de olhos fechados, embora, pela respiração, eu soubesse que não dormias. Ficaste assim todas as vezes que estive ao teu lado, e estive quase todo o tempo ao teu lado. Por vezes abrias os olhos e olhavas a parede em frente.

Nunca dizias nada, quando eu falava. Mas em geral também eu não dizia nada, porque não havia nada para dizer naquela altura. Queria poupar-te a tudo o que pudesse trazer emoção ou cansaço.

Sentava-me ao teu lado, pegava-te na mão e beijava-a, beijava-te na testa e na face, fazia-te festas nos cabelos.

Tu não reagias, mas sabias pelo menos que eu estava lá, que podias contar comigo, que eu te amava mais do que a tudo no mundo e nunca te deixaria sozinha, em nenhuma circunstância. Era isso o que diziam as minhas mãos na tua face, nos teus cabelos. Diziam também que mais tarde falaria contigo, tentaria explicar-te, e que talvez pudesses perdoar-me. E que nunca mais te iria agredir, o que quer que acontecesse. Nunca mais.

Foi ainda nesse clima sonâmbulo, quase sem palavras, que te trouxe para casa vinte e quatro horas depois, te estendi na nossa cama, te levei como pediste uma chávena de leite e uma tosta e fechei até metade as portadas das janelas para diminuir a luz, enquanto fechavas os olhos e te preparavas para adormecer.

Eram cinco horas da tarde, só às onze da noite acordaste e pediste de novo uma chávena de leite. Fiz-te o relato do que havia ainda no frigorífico, mas não quiseste nada.

Amanhã de manhã vou ao supermercado, pensei fazendo mentalmente uma lista das coisas de que mais gostavas.

Estavas visivelmente pálida e enfraquecida, mas eu iria cuidar de ti, pensei com ternura compondo a roupa em volta do teu corpo. Como tu cuidarias de mim, se eu estivesse no teu lugar.

Foi isso o que fiz, na manhã seguinte, depois de te levar à cama o pequeno-almoço.

– Vou num instante ao supermercado, anunciei-te com energia, quase alegremente. Além do habitual, o que queres que eu traga?

– Nada, respondeste.

Dei-te um beijo na testa e disse:

– Volto já.

Como se falasse a uma criança.

Não me demorei, efectivamente. Procurei nas prateleiras tudo o que achei que poderia agradar-te, fiz as compras depressa, afinal tinha esse hábito, de nós dois era eu quem mais vezes ia ao supermercado.

Antes de passar na caixa reparei na florista e automaticamente empurrei o carro das compras nessa direcção. Rosas, pensei. Um ramo de rosas amarelas.

—Vinte e três, disse à florista, que achava vinte e quatro o número certo e propunha até oferecer-me a última. Mas eu recusei e insisti:
—Vinte e três. Tantas quantos os anos dela.
E a florista sorriu.
Entrei no quarto com as rosas na mão. Mas tu não estavas.
Vi a cama desfeita, a camisa de noite atirada sobre o lençol, e pensei que era um bom sinal. Tinhas-te levantado, sentias-te melhor, tinhas vestido outra roupa, estarias na casa de banho, na sala ou na cozinha.
Mas não estavas na casa de banho, na sala nem na cozinha. Nem em nenhum lugar da casa ou do ateliê. Chamei por ti e não me respondeste.
Tinhas ido à padaria, à farmácia, à loja da fruta. A algum lugar ao pé da porta. Estarias quase a voltar.
Pousei as rosas na banca da cozinha e fiz um café enquanto esperava.
Mas tu não voltavas. Bebi o último gole de café e então ocorreu-me, como uma ideia louca, que podias não voltar.
Corri aos armários. Toda a tua roupa lá estava, pendurada nas cruzetas, por cima da prateleira dos sapatos. Respirei fundo.
Leopoldo, lembrei-me de repente, começando a procurá-lo. Estarias junto dele, parecia-me agora uma evidência.
Mas Leopoldo também não estava. Em nenhum lugar da casa. Nem o cesto em que o transportavas, quando era preciso levá-lo a qualquer lado.
Os teus cadernos, desenhos, esboços, pensei em desespero. Voltarias sempre a buscá-los, se os tivesses deixado. Mas as tuas estantes e gavetas estavam vazias.

Então soube que te tinhas ido embora. Levando o que te importava, Leopoldo e os teus trabalhos e papéis. Faziam parte da tua vida.

Tudo o resto deixavas para trás.

Mas recusei-me a acreditar nessa evidência. Contra os factos, eu tinha todos os argumentos.

Tinhas-me deixado, eu entendia as tuas razões, porque as havia, estavas profundamente magoada e zangada, mas não podia ser uma situação irreversível. Porque eu te amava, mais do que a tudo no mundo. Sabias isso. E eu conhecia a extensão do teu amor por mim.

Afinal tínhamos sido felizes quatro anos. Tempo suficiente para testar a capacidade de vivermos juntos. Não se pode deitar fora a felicidade quando se encontra, porque é muito difícil encontrá-la. Na melhor das hipóteses, só se encontra uma vez. Eu não queria outra mulher.

Telefonei mil vezes para a casa dos teus primos, no Estoril, porque me parecia óbvio que terias ido para lá. Diziam-me sempre que não estavas.

Houve muitos dias em que fiquei parado no passeio, diante dessa casa, à espera que saísses. Mas tu viste-me provavelmente da janela e não saíste.

Escrevi-te cartas, que não vieram devolvidas mas talvez nunca tenhas aberto. Telefonei à Maria Rosa, que se mostrou surpreendida. Não sabia de nada. Sim, se a contactasses dir-me-ia, prometeu.

Não dava conta do passar do tempo. Queria falar-te, uma única vez que fosse, fazer-te entender as razões, que também havia, do meu lado. Tinha a certeza de que, se me ouvisses, entenderias a minha versão das coisas. E voltarias.

Finalmente, no milésimo telefonema que fiz para a casa dos teus primos, uma voz de mulher impacientou-se:

– Entenda que ela não quer falar consigo. Por favor nunca mais telefone.

Desligou, mas eu voltei a ligar, de imediato.

– Por favor, insisti.

Mas a voz não me deixou continuar.

– É inútil, ela não está aqui. Nem está sequer no país.

Desligou de novo, mas não larguei o telefone. Informei-me dos voos para Londres e apanhei o primeiro, nesse mesmo dia. Estarias a viver com os teus pais e a estudar na Slade.

Telefonei, sem êxito, quando cheguei a Londres, para a casa dos teus pais. Também aí uma voz de mulher, da tua mãe provavelmente, respondeu, dia após dia:

– Ela não está.

Esperei-te à porta da Slade e houve uma vez em que te vi – vinhas a sair, com uma pasta na mão. Corri ao teu encontro mas de repente viste-me, voltaste para trás e perdi-te no corredor, não estavas atrás de nenhuma das portas que consegui abrir.

Voltei durante semanas, mas não consegui voltar a ver-te. Houve um dia em que me pareceu reconhecer-te, a apanhar um táxi em Sloane Square, apanhei outro táxi e pedi-lhe que seguisse o primeiro, corremos várias ruas, sempre a alguma distância, parecia impossível conseguir chegar mais perto, e quando finalmente nos aproximámos e pude olhar melhor pela janela, vi claramente que afinal aquela mulher não eras tu.

Recomecei a tentar telefonar-te, várias vezes por dia. Até que uma voz de homem respondeu, do outro lado da linha.

– Sou o pai de Cecília, disse. E marcou-me um encontro, no pub ao fim da rua.

Voei para lá, no primeiro táxi que consegui. Iria finalmente poder falar contigo.

Entrei no pub com a sensação de que também aquilo não era real, de que só o meu desespero era real.

Mas estava preparado para me encontrar contigo. Teria de medir as palavras, tentar o que quer que fosse para não te perder. Poderia dar-te tempo para pensares, esperaria por ti o tempo que quisesses, esperaria que acabasses o curso na Slade, aceitaria tudo desde que nada entre nós fosse irreversível.

Procurei-te em volta, mas não estavas lá. Foi um homem que se levantou e veio ao meu encontro. O teu pai, que eu nunca tinha visto, a não ser em fotografias.

Foi um encontro civilizado e muito breve. Estávamos sentados a uma mesa onde havia dois copos de uísque, em que praticamente nenhum de nós tocou.

– Cecília pediu-me para vir falar-lhe.

– Recusou-se a vir ela mesma? – era uma pergunta meramente retórica, eu sabia de antemão a resposta. Ele fez um pequeno movimento afirmativo.

– Dei-lhe razões de sobra. Fui eu o culpado.

Houve um instante de silêncio, que nenhum de nós preencheu.

– Mas também sei que ela me ama, continuei. Se ela me ouvisse, partiria comigo. É por isso que não quer ver-me.

— Não creio, disse o homem sem emoção. Ela é muito determinada e sabe exactamente o que quer e o que não quer.

— Mas eu amo-a acima de tudo no mundo, afirmei, como se a frase pudesse aplanar todos os obstáculos.

— Acredito que está a ser sincero. Mas Cecília não quer viver consigo. Esse é um facto que você tem de aceitar.

Eu tinha, é claro, todos os argumentos.

— O que se passou —

Mas ele cortou pela raiz o que quer que fosse que eu ia dizer.

— Não importa agora o que se passou. Nem interessa procurar culpados. Foi uma fase que chegou ao fim. Cecília partiu e você tem de se confrontar com isso.

Levantou-se pouco depois, e tive também de levantar-me, porque para ele, aparentemente, a conversa terminara.

Não me dei por vencido, no entanto. Quis dizer ainda uma última palavra, mas de momento não conseguia achá-la.

Foi ele que falou, em voz tranquila mas num tom definitivo:

— Se ela quiser, saberá onde encontrá-lo. Mas não creio que isso aconteça. No seu lugar, eu seguiria com a minha vida para a frente.

Lá fora chovia. Era uma tarde de Londres, um fim de tarde de Março, com algum nevoeiro que tornava a luz dos faróis menos intensa e diluía a nitidez dos carros que passavam. Pensei em apanhar um táxi, mas reflecti que devia ser difícil, àquela hora e debaixo de chuva. Faria mais sentido caminhar até ao metro, em vez de ficar de pé a uma esquina, debaixo de um guarda-chuva encharcado, à espera de um táxi que não vinha. Aliás, nesse momento eu preferia andar a pé. Caminhei até ao fim da rua, ultrapassei a estação do metro e continuei a andar até à estação seguinte.

Ocorreu-me que poderia continuar a caminhar, deixando para trás todas as estações, uma a seguir a outra e a mais outra, e seguir a pé até ao hotel. Sem pensar em nada, sem sentir nada, ouvindo a chuva bater no chapéu.

Regressei a Lisboa. A casa ainda estava cheia de ti. Por vezes quase acreditava que em algum momento ias abrir a porta. Afinal ainda tinhas a chave. Não me parecia possível que a tivesses deitado fora, que por exemplo caminhasses em Londres sobre uma das pontes e a deitasses para o fundo do rio. (Agora não era o Tejo o rio para onde olhavas. Era um rio mais soturno, de águas mais escuras, com um leito muito mais estreito, que seria impossível os estrangeiros confundirem com o mar.)

Ainda terias a chave, talvez a trouxesses contigo na carteira, quando andavas no metro, ou na bolsa que pousavas ao teu lado quando te sentavas num banco de jardim. Porque por vezes te sentarias, como aqui, num banco de jardim. Que já não seria na Graça nem na Senhora do Monte ou em Santa Luzia, mas por exemplo em St. James's Park ou em Hyde Park, perto da Serpentine.

Pegarias talvez no porta-chaves, metendo a argola num dos dedos como um anel. Ouvirias o tinir da chave contra a argola, sem pensar em nada. Levantar-te-ias depois e caminharias sobre a relva e as folhas secas. Agora era outono.

E também era outono em Lisboa. Estávamos ligados pelo outono. Era o mesmo e diferente: o clima, a cidade, o rio, o céu, a luz eram diferentes.

Embora o meridiano de Greenwich ficasse apenas a nove graus e nove minutos do de Lisboa. Ou o de Lisboa apenas a nove graus e nove minutos do de Greenwich.

Os meridianos passavam pelos lugares, sem que as pessoas dessem conta. A partir deles media-se a longitude e podiam calcular-se as horas. A hora de Londres era igual à de Lisboa. Quando olhasses para o relógio verias a mesma hora que eu. Meia-noite ou meio-dia em Londres era meia-noite ou meio-dia em Lisboa.

Houve alturas em que enlouqueci e voltei aos mesmos lugares onde tinha estado contigo, almocei nos mesmos restaurantes, ao domingo. Tentando recuperar o tempo em que estavas lá.

Sentava-me por exemplo naquele restaurante do Guincho, à mesma mesa ao pé da janela, de onde se podia ver o mar.

Quando o empregado perguntava:

– Quantas pessoas? respondia:

– Uma.

Mas olhava para a cadeira em frente como se a qualquer momento fosses ocupá-la. Apenas te tinhas atrasado por qualquer motivo insignificante, alguém te telefonara com um recado urgente quando saías de casa, ou estavas retida no trânsito, tinhas ido pôr gasolina no carro emprestado pelo Rui e havia muitas pessoas na fila à tua frente.

Se não viesses seria por um motivo assim, compreensível e banal. Ou por um motivo incompreensível, mas não menos banal: porque desta vez as flores sobre a mesa do restaurante eram azuis e não vermelhas, ou porque o guardanapo estava dobrado de outro modo, ou posto do lado errado. Porque tinham mudado a música de fundo. Porque se levantara vento e a areia batia contra a janela. Porque a mesa onde me sentara era agora outra, de onde já não se podia ver o mar.

Mas era injusto que não me tivesses deixado falar-te, Cecília. Que tivesse sido o teu pai a receber-me, como se não fosses responsável e precisasses de um representante, quando a verdade era o contrário disso.

Era por medo que não vinhas? Se me olhasses, olhos nos olhos, voltarias? Um momento de loucura pode ser perdoado, quando estão quatro anos felizes no outro prato da balança?

Se me tivesses deixado falar-te, voltarias. Sabias isso e fugias. Era essa a verdade, do teu lado? Talvez com o tempo encarasses as coisas de outro modo. E a tua ausência não fosse irreversível.

Durante muitos meses esperei que voltasses, fazendo o que podia para entreter os dias.

Dei comigo em centros comerciais, a entrar furtivamente num cinema. Saía a meio do filme, sem me recordar do que tinha visto, sem querer saber se era dia ou noite, verão ou inverno, olhando sem ver as vitrines das lojas, que me pareciam estranhamente iguais na luz artificial das ruas falsas, com placas envernizadas no chão e tabuletas com nomes absurdos nas paredes. Misturava-me com a multidão que subia e descia nas escadas rolantes, pessoas que devoravam cachorros-quentes ou formavam filas diante dos cinemas, com enormes baldes de pipocas que metiam na boca às mãos-cheias, no afã de passar a tarde de domingo, de engolir o tédio de qualquer forma possível.

Muitas vezes dormi durante o dia e acordei a meio da noite. Conheci os lugares que ficavam abertos toda a noite, ou parte dela. Vagueei de bar em bar, saindo quando um deles fechava e entrando noutro que fechava mais tarde ou ficava aberto até de madrugada. Cruzei-me com jovens, dois a dois ou em grupos maiores e ruidosos, que vinham de discotecas e iam tomar um chocolate quente ao Mercado da Ribeira, quando o dia começava a romper. Choquei com bêbados que partiam garrafas, vomitavam nas esquinas ou urinavam contra as paredes, caminhei, como se não visse, entre mendigos que dormiam em vãos de lojas ou debaixo de arcadas, deitados em cima de pedaços de cartão.

E durante todo esse tempo não parava, mentalmente, de falar contigo:

Era por orgulho que me enviavas um intermediário e desaparecias, por detrás das nuvens? Como se fosses Deus, tornavas-te invisível? Não te dignavas a falar comigo, eu era indigno de te dirigir a palavra, ou mesmo de te olhar? A tua invisibilidade era uma humilhação que me impunhas – eu, pecador, diante de ti me confesso?

Exageravas, Cecília, porque eu era tão pecador como tu. É verdade que te agredi e errei, mas também é verdade que me enganaste e mentiste.

Atraiçoavas-me pelas costas, tomavas uma decisão sem eu ser ao menos informado.

Como se um filho não devesse ser uma escolha de ambos, como se não viesse mudar tudo de repente. Não era uma decisão irrelevante, que pudesses tomar sozinha.

Afinal eu era o quê? Um boneco nas tuas mãos? Um instrumento de prazer? Um objecto? Decidias por mim, sem me consultar? Decidias do meu corpo, eras dona de mim? Dona do mundo? Pensavas o quê, por acaso?

Pensavas que podias moldar-me, à minha vida e ao mundo, segundo o teu desejo?

Leopoldo viera primeiro, como um balão de ensaio. (Seria possível que tudo, já então, obedecesse a um plano?)

Eu dissera que não, tentara várias formas de o mandar embora, mas acabara por aceitar que ficasse. Tinha inclusive tirado partido da sua presença, convertera-me a ele, acabara por senti-lo quase como um duplo. Passara a ser da casa, a fazer parte da família.

Ali estava ele, enroscado sobre si próprio, dormindo numa réstia de sol em cima do tapete ou num cesto, enquanto tu fazias malha, ambos envoltos no mesmo silêncio, num tempo suspenso, dentro do tempo real.

E enquanto tu continuavas a fazer malha, sentada na cadeira, os meses passavam e ao teu lado, deitada num berço, haveria de repente uma criança. Para quem o gato fora abrindo caminho, avançando pé ante pé sobre o tapete, sem ruído, ajeitando-se no cesto e dormindo.

Bastara depois um gesto muito simples, empurrar um pouco o gato e colocar ao lado a criança.

Assim terias decidido, no teu modo suave de fazer as coisas. No teu modo hipócrita e dissimulado de fazer as coisas. Confrontando-me com situações de facto, com que eu teria de lidar – de me conformar – depois.

Acreditavas que só podia dar certo. Como se tudo no mundo acabasse por se moldar ao teu desejo.

Tiro o chapéu à tua capacidade de manipular-me. Poderias fazer carreira como marionetista.

Não devias ter-me traído com um filho, Cecília. Saíste de casa atraiçoando-me.

Todos os castelos, a começar pelo de São Jorge, têm uma porta da traição. Foi por essa porta que saíste.

Uma noite sentei-me e escrevi sem parar várias folhas de papel.

Carta ao Pai:

Sempre achei que um dia te escreveria uma carta, e por isso a escrevo. Embora seja demasiado tarde. O que, por outro lado, me parece irrelevante: se pudesses lê-la não a entenderias.

Durante muito tempo acreditei que, embora de um modo incompreensível, nos amavas. Até que passei a ver-te a outra luz:

Tinhas mau carácter, desconhecias a generosidade e o afecto. Gostavas de humilhar, de pisar os mais vulneráveis, porque isso te fazia sentir forte. Até esse ponto eras covarde.

Se desafiasses os teus iguais ou superiores arriscavas-te a ser batido, em sentido real ou simbólico. Por isso, perante esses, te calavas. Era contra os mais frágeis que descarregavas o teu ódio, de uma maneira deslocada, porque julgo que o destinatário final do teu ódio eras tu mesmo. Mas desviava-lo sempre para nós. Lembro-me de grandes cenas, de gritos histéricos, de fúrias, de palavras violentas que nos lançavas, por coisa nenhuma. Porque existíamos, apenas.

Três contra um, a minha mãe, eu e Alberta – mas não podíamos nada, nem juntos nem cada um por si. Eras sempre tu o mais forte e tínhamos de calar-nos, mesmo que não tivesses razão, e na verdade nunca tinhas. Ou, se alguma vez a tiveste, logo a perdias pelo modo hostil com que falavas, completamente desfasado do real. Tínhamos medo de ti, mas nenhum de nós te respeitava. Nem sequer eu, e era tão pequeno. Nem sequer a criada, que desabafava a meia voz nas tuas costas coisas que não gostarias de ouvir.

A minha mãe quase nunca falava. Mas algumas vezes defendeu-me contra ti, o que só piorou as coisas. Eu calava-me também, guardava as palavras dentro de mim, para dizer-tas mais tarde.

Mas nessa altura, jurava a mim próprio, haveria mais do que palavras. Levantar-me-ia contra ti, levantaria a mão para agredir-te. Dispararia uma arma contra ti. Sonhei isso muitas vezes. Ironicamente, não terias tentado em vão incutir-me o gosto pelas armas. Eu acabava por me interessar, aprendia a manejá-las, e agora que aprendera disparava contra ti.

Outras vezes o sonho era um filme a preto e branco, projectado numa parede sem parar, porque quando chegava ao fim recomeçava: havia o vulto de um homem deitado numa cama, uma porta que se abria e outro vulto entrava e descarregava sucessivos golpes sobre a cama. Eu era o vulto que entrava e desferia sobre ti um golpe atrás de outro, atrás de outro, e atrás de outro. Até ao fim dos tempos.

Sim, haveria de vingar-me de ti algum dia.

Durante muito tempo pensei que talvez me respeitasses se me visses ter sucesso, a nível material, porque o dinheiro era o teu único valor. Mas a dada altura percebi que esse momento nunca iria existir: o que quer que eu fizesse seria desprezível aos teus olhos, acharias que não tinha utilidade. Se os meus bonecos atingissem preços altos, só ficaria provado que a sociedade enlouquecera e que o mundo era injusto.

O próprio prazer que julgavas associado à criação diminuía e culpabilizava o meu trabalho. Mérito real era o dos operários e camponeses, que trabalhavam como eu com as mãos, mas com esforço e para o bem de todos, e não apenas para que uns quantos empresários ou gestores de bancos tivessem um boneco meu na sala de jantar.

Foi isso o que sempre me disseste – por vezes sem palavras, apenas com o teu riso escarninho ou um sorriso irónico, cortante como uma lâmina de faca.

Em relação a mim portanto nem mesmo o dinheiro contaria. Não te pareceria real se quem o ganhasse fosse eu.

Eu não poderia assim vencer contra ti qualquer batalha. A meio do jogo mudarias as regras, não irias jogá-lo comigo até ao fim. Então comecei a ignorar-te, a desprezar-te, a esquecer-me de que existias. Fui para Berlim, de onde escrevia à minha mãe, mas a ti nunca mais dei notícias. Deixaste de ter um filho e eu deixei de ter um pai. Nunca tive realmente um pai e procurei nunca mais pensar nisso. Afinal era adulto e não precisava de um pai.

Claro que quando vieste ter comigo, no verão de 80, de cabeça baixa, dizer-me que tinhas gasto tudo, eu não queria acreditar no que ouvia. Nunca achei, nunca acharei que esse momento miserável pudesse ser o meu momento de vitória.

Recusarei sempre essa vitória demasiado amarga.

Tinhas enlouquecido, pensei, fora de mim.

—Velho louco, gritei, sacudindo-te pelos ombros, encostando-te à parede, para olhar bem dentro dos teus olhos. Onde só vi medo e aflição, ao mesmo tempo que um véu de sombra caía sobre a tua cara, que se tornava cada vez mais inexpressiva.

Demência senil? interroguei-me, olhando as tuas mãos que tremiam e o teu olhar que se esgazeava e tornava vazio, fixado na parede fronteira.

Até que finalmente te encontro, diante da roleta, de mãos trémulas e olhar fixo. Sem me reconheceres, quando finalmente levantas a cabeça e deparas comigo, que há muito tempo te observo, do outro lado da mesa.

É aí que verdadeiramente te vejo: um vagabundo, um jogador, um homem perdido, um velho doido. Não és ninguém. Não tens nome, nem memória, nem laços de família.

Não tens mulher, nem filho, nem passado. Não és meu pai. E no entanto é aí que vou ter contigo e te pego pelo braço.

—Vem comigo, digo-te. Pai.

Olhas para mim sem me reconhecer. E é aí que pego no teu braço e te perdoo.

— Não há culpados, digo-te, embora não compreendas o que digo.

Deixas-te conduzir e levo-te para casa.

Olhando por uma vez da tua perspectiva, sei que para ti fomos nós que te abandonámos primeiro. Achavas-te inocente e gostavas de vitimizar-te. Repetiste de certeza para ti próprio, vezes sem conta, a tua versão da história:

A minha mãe afastara-me de ti, para ter o meu amor só para ela. Denegria-te aos meus olhos, criava um clima de suspeição contra ti. Mentia, intrigava, voltava a Alberta, eu e o mundo contra ti, e era culpada de todos os meus erros.

Eu era superprotegido, preguiçoso, vivia num mundo de sonhos, nunca seria capaz de pôr os pés no chão e servir a sociedade como um homem. Talvez nem mesmo fosse capaz de ser um homem e de amar uma mulher.

Ela dera cabo de mim, julgando amar-me. Era uma mãe devoradora, centrada no seu filho, passando para ele a sua histeria, fechando-se com ele naquele quarto do sótão, desligado do mundo. Onde uma criança homem amava uma mulher. A sua mãe. Um jogo perigoso, que te excluía a ti, o pai, o princípio de tudo o que era saudável e real. Enquanto nós ambos enlouquecíamos, num mundo incestuoso e fantástico.

Porque debaixo do seu aspecto angélico ela era falsa e perversa, sob a aparência dócil escondia uma enorme capacidade de revolta. Uma mulher insatisfeita, potencialmente infiel, sempre desejando atraiçoar-te. Tínhamos montado uma cabala contra ti, ou ela tinha montado uma cabala, a que eu e Alberta tínhamos sido agregados, mais ou menos involuntariamente. Mas que depois eu assumira e interiorizara, e com a qual me tinha identificado, com o passar dos anos.

Era ela a causa do desencontro entre nós dois.

Ali estavas portanto. Tu, a vítima.

Tinhas ido buscar aquela mulher a um destino estreito de pobre dactilógrafa, a uma sala abafada de repartição, a uma vida sem horizontes, humilde e monótona, tinhas-lhe dado tudo e feito dela tua mulher legítima. E em troca ela fugia-te, refugiava-se no sótão, voltava contra ti o teu filho. Que tinha sido tão esperado e desejado e finalmente chegara, depois de dois casamentos, para encher a tua vida e o teu mundo: um filho.

Tinhas esse modo paranóico de ver a realidade ao contrário, de te transformares em vítima, quando eras na verdade o agressor.

Mas agora, aqui, nesta noite em que te escrevo, nesta casa vazia, perdoo-te por me teres agredido, por nos teres agredido, a vida inteira.

Também eu fui um agressor, e muito mais violento do que tu.

Contra um filho. E contra uma mulher amada.

Então trocámos de papéis e de lugar, Cecília:

Tinhas partido e era eu que ficava em casa, à tua espera. Como Penélope, era eu que te esperava, que mantinha a esperança. Contra o mais elementar senso comum.

Mas um dia, ao contrário dela, deixei de esperar. Percebi que não voltarias, que ninguém volta, que o regresso não é possível: nunca ninguém se banha duas vezes na mesma água de um rio.

Percebi que a minha fidelidade era louca, que a vida me passava ao lado. O universo estava em movimento e também eu comecei a mover-me.

Lentamente, comecei a desprender-me das paredes, da casa, da tela onde ainda eras tu que eu procurava. Queimei essa tela onde ia tecendo o teu rosto, noite após noite, dia após dia.

E depois, também ao contrário de Penélope, queimei em imaginação a cama onde nos tínhamos amado, a cama de Ulisses, construída em volta de um tronco de oliveira, a cama que ninguém mais conhecia, além de nós. Fiz em volta uma fogueira, incendiei-a com uma tocha e vi-a desaparecer, no meio das labaredas. Demorou muito tempo a arder, dias e noites, e eu fiquei a vê-la desaparecer, hipnotizado. Alguma coisa ia deixando de existir.

Percebi que, se voltasses, eu ficaria sentado à tua frente em silêncio e não poderia comunicar contigo: haveria entre nós a barreira do tempo.

Porque não é possível alguém voltar ao leito conjugal e fazer amor, contar o que sucedeu durante os anos de ausência, enquanto uma deusa faz com que a noite se prolongue e o dia tarde a nascer para termos tempo de contar o tempo intermédio e tudo voltar a ser como era, desde o momento em que foi interrompido.

Nada disso era possível, a não ser numa história mal contada.

Tínhamos saído da vida um do outro, cada um tinha agora a sua.

Então assumi que não irias voltar.

Um dia acordei com essa certeza: nunca irias voltar. E Lisboa desapareceu contigo.

Era uma manhã do início de novembro, estava sol e soprava um vento frio, era antes brisa do mar e não vento, o mar aliás estava calmo, não havia ondas fortes, batendo nas praias. E no Terreiro do Paço os velhos cacilheiros iam e vinham, como habitualmente, entre uma e outra margem.

Só eu dei conta, Cecília: Lisboa ruiu. Não posso contar a mais ninguém, porque me diriam louco, mas posso afiançar-te: Lisboa desapareceu contigo.

A terra tremeu, debaixo dos meus pés, as casas oscilaram para cima e para baixo, para um lado e outro, durante minutos que pareceram séculos. Depois os telhados começaram a cair, as paredes desmoronaram-se, uma nuvem de pó cobriu o sol, não se via nada nas ruas, só se ouviam gritos, havia gente que gritava, meio soterrada no meio dos escombros; pessoas e animais fugiam, e outros eram esmagados pelas casas que continuavam a cair, havia pessoas nuas, descalças, em camisa de noite, pelas ruas e praças, deflagraram incêndios em vários locais ao mesmo tempo, havia gente morrendo, sufocada ou queimada, os bombeiros não conseguiam passar, nas ruas estreitas, a Baixa desaparecia em chamas, o Chiado deixava de existir. Candeeiros tombavam, árvores abatiam-se sobre carros, esmagando quem lá ia dentro, as pessoas fugiam das casas, mas também nas ruas se abriam crateras. Mesmo no Campo Grande e na zona do aeroporto onde muitos procuraram abrigo porque havia menos construções, o chão abriu-se e engoliu passeios, árvores, pessoas, autocarros, e depois o rio rebentou as margens e veio subindo, com o mar atrás dele, uma onda gigante galgou o Terreiro do Paço e subiu até à Rotunda arrastando tudo consigo, navios, barcos, amarras, paredes, casas, igrejas, multidões em fuga – Lisboa desapareceu contigo.

Até que entrei finalmente – porque me parecia uma questão de vida ou de morte – na fase da reconstrução.
Cuidar dos vivos, decidi. De mim, portanto.
Abri os armários e deitei fora os teus vestidos, porque nunca mais irias usá-los. Nem os sapatos, que eu tinha visto andar pela casa, com os teus pés lá dentro, e que por vezes descalçavas para te enrodilhares na beira do sofá.
Nunca mais irias usar os perfumes que ainda restavam nos frascos, ou se tinham entretanto evaporado, deixando-os vazios, mas nem por isso perdendo completamente o aroma, que ainda te evocava quando eu os abria. Como na história em que um espírito prisioneiro fugia de dentro de uma garrafa quando alguém desprevenido retirava a tampa.

Mas agora eu quebrava os frascos, para te deixar fugir. Para te libertar da nossa casa, para libertar de ti a nossa casa.

Apaguei todos os teus vestígios, para que nada de ti restasse.

Agora a casa estava vazia da tua presença, da tua sombra.
Era outra vez só minha.
Eu tinha de seguir com a minha vida para a frente.

Capítulo III

A Cidade de Ulisses

Podia portanto voltar para Berlim, retomando o meu percurso interrompido. Foi o que fiz, em Abril de 89. Estava lá portanto quando em novembro caiu o Muro. Pela segunda vez na vida encontrei-me no meio de uma multidão em festa, que celebrava a liberdade e o fim de uma ditadura, só que desta vez de sinal contrário.

Fiquei durante quatro anos. E depois, como sempre quis, fui para Nova Iorque, onde vivi até 2000. E até 2003 em Los Angeles. A partir dos Estados Unidos viajei por duas vezes ao Japão, onde me demorei algum tempo, mas sempre em estadas relativamente breves. Depois disso quis voltar à Europa mas não a Portugal. Vivi em Milão até ao verão de 2008.

Fui portanto conhecendo um bom pedaço do mundo, e passando naturalmente por experiências várias.

Viver no estrangeiro acarreta dificuldades, e como era de esperar encontrei algumas. Mas não posso dizer que sofresse, ou pelo menos que sofresse demasiado, por estar longe do meu país, embora pensasse nele muitas vezes. Sentia-me igual a milhões de portugueses, emigrantes como eu. Portugal é um país de emigrantes.

Em todos os lugares vivi no meio de artistas, muitos deles estrangeiros, e criávamos um certo sentido de comunidade. Houve alguns de quem fiquei amigo e com quem me mantive em contacto ao longo dos anos. Pelo menos para mim, era comunidade quanto baste. No fundo nunca tive grande sentido de pertença, seria incapaz de pertencer por exemplo a uma igreja ou a um partido político, embora tivesse preocupações sociais e o meu sentido ético fosse exigente, desde logo em relação a mim próprio. Mas nunca abri mão de uma condição um tanto distanciada, da liberdade de não pertencer. Na verdade, também em Portugal o meu modo de estar era esse.

Olhando para trás, todo esse tempo foi estimulante e produtivo e não me posso queixar de nada. Por vezes a própria sensação de estranhamento perante sociedades diferentes fazia-me olhar para mim e para o meu país de outro modo, o que eu valorizava positivamente.

Fui realizando a obra que sempre quis fazer. Tornei-me um artista plástico reconhecido, fui cumprindo o que desde o início me propus: exposições, obras vendidas para coleccionadores e museus, um nome que aos poucos se foi internacionalizando.

Foi importante? Sim, porque foi o que sempre desejei. Poderia dizer que para isso nasci. Sobretudo foi importante nunca ter de fazer concessões, mantive a minha liberdade por inteiro, mesmo que por vezes a pagasse com falta de vendas e apertos financeiros. Mas sempre fiz só o que me interessava e para mim fazia sentido. Conseguir isso e sobreviver assim foi suficientemente compensador em si mesmo.

Expus entretanto uma ou outra vez em Lisboa. E mantive-me em contacto com o meu primeiro galerista, que se tornou além do mais um amigo.

Conservei aliás o ateliê na Graça, embora durante anos nunca mais lá entrasse. Aluguei-o antes de ir para Berlim ao Júlio Rocha e ao Simão, que procuravam um local para trabalhar. (Foi graças a esse aluguer que por vezes, sobretudo no princípio, cheguei sem grande dificuldade ao fim do mês.

Porque economicamente também nada foi fácil, como eu de antemão já sabia.)

A pedido do Rui Pais, passei-lhe o aluguer da casa, depois de falar com o senhorio. A minha casa iria ser o lugar de encontro entre ele e a Manuela.

Esse pedido do Rui apanhou-me completamente de surpresa: veio procurar-me em 89, quando eu estava a fazer as malas para me ir embora. Contou-me que o casamento com a Teresa tinha entrado em decadência e ele se tinha envolvido com outra mulher. Com a Teresa não era uma crise passageira, era um estado de coisas a que ele chamaria casamento estafado, mas não terminado, nem provavelmente terminável, porque nenhum deles o queria terminar. Era uma espécie de lugar onde habitavam, apesar de tudo com algum conforto, mas onde não se encontravam, mesmo ou sobretudo quando faziam amor. A Teresa parecia estar bem assim, mas ele conhecera entretanto a Manuela, que também era casada e estava numa situação semelhante. Procuravam um lugar discreto para se encontrarem. A minha casa, uma vez que eu ia deixá-la, seria perfeita.

Caí das nuvens. O Rui e a Teresa, nunca iria pensar.

Mas sempre tive compreensão pelos acidentes do amor, meus e dos outros: há forças que não controlámos e não vale a pena racionalizar. Vamos vivendo como podemos, melhor ou pior, e não faz sentido julgar ninguém.

Disse ao Rui que sim, é claro, e insisti em pagar ainda alguns meses da renda, retribuindo o abrigo que ele me dera em sua casa anos atrás.

Acabou depois por ser uma situação que me convinha, porque tive um lugar onde ficar, das raras vezes que passei por Lisboa.

Durante muito tempo fugi de qualquer envolvimento emocional. Quis apenas sexo. Deixei-me conduzir para festas loucas, onde, depois de noites desvairadas de álcool e excessos, acordei ao lado de mulheres que nem sequer conhecia. Deixava-as a dormir e ia-me embora, sem me recordar do que tinha acontecido.

Passei depois a ter encontros casuais, mas de modo consciente e intencional. Houve uma altura em que cheguei a pensar que estava viciado em sexo, mas essa hipótese ou essa constatação foi-me indiferente. Havia vícios piores e este, pelo menos para mim, não era destrutivo. Nunca parei de trabalhar, apesar do muito sexo ou por causa dele. As mulheres podiam ser imensamente estimulantes, só porque existiam.

Entrei depois numa fase em que abrandei o ritmo e me tornei mais seletivo. As mulheres passaram a interessar-me outra vez como seres iguais a mim, só que de outro sexo. Com histórias, vidas, mágoas, traumas, virtudes e defeitos como eu. Encontrei todo tipo de mulheres e tinha uma espécie peculiar de compreensão por elas. Era pelo menos o que me transmitiam. Via-as como seres frágeis, mal adaptados à sociedade e ao mundo mas lutando com todas as forças para se equilibrarem nele. Construíam uma fachada de beleza, sucesso, eficiência, por vezes conseguiam uma quantidade espantosa de dinheiro e poder. Mas poucas das que encontrei se sentiam bem na sua pele. Nessa época as mulheres da minha vida viviam no fio da navalha, rebentando de solidão. Escondiam-se atrás de óculos escuros, atrás da maquiagem, desapareciam dentro de vestidos mínimos, desmoronavam-se e caíam, do alto de dez centímetros de saltos em agulha.

Eram essas que vinham ter comigo, para que eu juntasse os pedaços. Percebi a desmesura do que se propunham, daquilo que achavam, com razão ou sem ela, que lhes era exigido: trabalhavam como loucas e lutavam com todas as forças para alcançar dinheiro e sucesso (o que quer que entendessem por sucesso), investindo na imagem para lá do razoável e comendo como se vivessem no terceiro mundo.

E o retorno de felicidade que conseguiam, depois de tudo isso, era praticamente nulo. Para essas mulheres eu era uma espécie de tréguas, de paragem no meio do caminho. Um ombro onde pousar a cabeça, um corpo acolhedor e conivente, para fazê-las sentir que havia antídotos contra as agruras e as decepções da vida.

Mas elas não tinham em relação a mim um papel igual. Não sentia a menor necessidade de falar de mim nem me dar a conhecer, abaixo da superfície. A pele era para mim o limite. Debaixo da pele, queria estar sozinho comigo mesmo. Era um lobo solitário, acompanhado quanto baste.

Houve depois outras mulheres com quem me envolvi muito mais profundamente. Foi assim o caso com Alison, que começou em Nova Iorque e terminou em Los Angeles, para onde ela foi comigo. Mas sobretudo depois em Milão, com Benedetta.

Alison apaixonou-se por mim e pelo meu trabalho, como se viver com um artista lhe conferisse uma aura qualquer. No fundo foi por essa aura imaginária que ela se apaixonou e quis conquistar para si mesma, talvez porque tinha desistido de fazer ela própria uma carreira de artista.

Começou a viver de tal modo centrada em mim que abdicava completamente de si, como se a sua vida não devesse ser mais que o meu suporte. Estava à beira de se converter num prodígio de logística, pretendendo cuidar de tudo, de catering a secretariado e relações públicas. Um passo mais e quereria decidir o que eu deveria pintar, e onde e quando deveria expor. Tentei fazer-lhe ver a ilusão em que estava a cair. Ninguém pode abdicar de si próprio sem criar frustração em si e nos outros. Eu não queria nada do que ela julgava imprescindível, sabia cuidar de mim e não aceitava qualquer interferência no meu trabalho. Mas ela mostrou-se impermeável a qualquer argumento. Estava a tornar-se sufocante e rompi, o mais gentilmente que pude, antes que as coisas se tornassem insustentáveis. Mas não foi fácil romper, porque ela via tudo de uma perspectiva irracional.

Com Benedetta foi também doloroso, embora acabasse por ser menos complicado. Era uma empresária lindíssima, uma mulher de sucesso, e ao contrário das mulheres anteriores sentia-se extremamente bem na sua pele. Divorciara-se, era dona de si, e durante algum tempo achámos que o nosso era um verdadeiro encontro. O único problema é que ela pertencia ao grande mundo social de Milão, onde havia constantemente festas, jantares, convites, eventos. Sentia-se integrada nesse meio, onde nascera e sempre vivera, e parecia-lhe óbvio continuar nele a meu lado. Para mim só podia ser positivo, assegurava, ia encontrar toda a gente que valia a pena conhecer.

Só que esse mundo brilhante e luxuoso, da alta sociedade e da alta finança milanesa, não era de todo o que me interessava.

Não conseguia como ela dividir-me entre trabalho intenso mas compensador, afecto e sexo, e o brilho social das festas. Encontrávamo-nos no sector intermédio, afecto e sexo, mas ele foi-se reduzindo pouco a pouco, quando, a partir de certa altura, me recusei a pisar o terceiro sector, o das festas. Percebi que também esse fazia parte integrante dela, e se eu o cortasse a perdia. Separámo-nos ao fim de dois anos, com algum sofrimento, mas com a lucidez de perceber que cada um de nós era como era, e nunca iria mudar.

Depois disso voltei por algum tempo a Lisboa, onde cheguei no verão de 2008.

Tinham passado muitos anos, mas os amigos mantinham-se. Esse foi sempre na minha vida um território particularmente estável, em que fui conservador e fiel: escolhemos os amigos e eles escolhem-nos, e tornamo-nos mais próximos à medida que a vida passa.

O Rui, com quem mais vezes me mantive em contacto, divorciara-se da Teresa, que casara entretanto. Vivia agora com a Manuela, que se tinha também divorciado, moravam no Parque das Nações num andar com uma bela vista sobre o rio.

Aluguei provisoriamente um andar na Graça, para ficar perto do meu antigo ateliê, entretanto devoluto.

Achei Lisboa uma cidade triste. Para onde quer que olhasse era incaracterística, cheia de grandes construções banais. A parte mais recente não valia uma visita. Tinha um ar de subúrbio mal alinhavado, provinciano, crescendo em volta de centros comerciais gigantescos.

Por todo lado a recolha do lixo era um desastre, havia bueiros por limpar, esgotos deficientes, calçadas de pedra esburacadas, pavimentos de alcatrão em péssimo estado, jardins públicos decrépitos, edifícios degradados, património histórico ao abandono.

A nível social e económico uma crise imensa instalara-se, embora o governo todos os dias negasse essa evidência.

Mas estava lá, visivelmente, e não era apenas resultado da crise da Europa e do mundo. Vinha da incompetência, da corrupção e dos maus governos, que não tinham vontade política de emendar os erros estruturais, que por isso se repetiam sempre.

Procurei a Lisboa das gaivotas, do céu claro, do rio, mas vinha ao meu encontro a outra, a da sopa dos pobres no Intendente, dos sem-abrigo, dos drogados, dos desempregados, dos mendigos em que tropeçava a cada passo, um rapaz de tronco nu e de cabeça baixa com uma lata na mão, ajoelhado na rua como se estivesse à espera de que o flagelassem, cegos percorrendo o metro, um deles a debitar uma ladainha, batucando com as mãos numa caixa de lata, num compasso descontrolado e nervoso: olhem que eu agradeço a quem tiver a bondade ou a possibilidade de me auxiliar, olhem que eu agradeço a quem tiver a bondade ou a possibilidade de me auxiliar, olhem que eu (e entretanto seguia para a carruagem seguinte, a sua voz ia ficando mais longe até que deixava de ouvir-se).

O desalento, a tristeza no rosto de quem passava. Não era genética nem endógena, vinha da constatação de que os poderosos nos traíam, e pagávamos sempre a factura. O país dava aparentemente um passo em frente, mas em vez de avançar retrocedia.

Achei que iria ficar muito pouco tempo em Lisboa.

Encontrei a Maria Rosa, que continuava a viver com o Samuel. Era a única que ainda não voltara a ver, do grupo antigo.

Foi ela que a certa altura, e sem eu perguntar, falou de ti, Cecília. Eras pouco dada a escrever, mandavas quando muito fotografias, só escrevias duas linhas com as grandes notícias, como casamentos ou nascimentos.

Foi assim que soube que tinhas casado em 92, e tinhas duas filhas.

Ficaste em Londres até 96, acrescentou ainda, e vivias agora na Suécia, para onde o teu marido tinha sido transferido, na mesma empresa em que trabalhava em Londres.

Mas tudo isso me pareceu a uma distância incomensurável, no tempo e no espaço.

Alguns meses depois conheci Sara, e inesperadamente a minha vida mudou.

De algum modo ela era como eu um lobo solitário. Não tinha medo da solidão, antes a procurava, ou a aceitava como algo inevitável.

Seguia o seu caminho e parecia não procurar ninguém. Era segura e contida, e sobretudo autónoma. Penso que, mais que a sua beleza, foi isso o que primeiro me atraiu nela. Uma mulher-gato, pensei.

Fui sabendo, devagar (porque ela falava pouco de si), que era juíza, tinha uma carreira feita a pulso no meio de obstáculos, porque não era vulnerável a pressões e havia-as de toda ordem no seu quotidiano. A justiça em Portugal era um terreno pantanoso.

Divorciara-se havia quatro anos, tinha sido um processo difícil, porque o ex-marido, advogado de renome, parecia querer prolongá-lo e litigá-lo o mais possível e usava para isso todos os artifícios, sempre a coberto da lei. O mesmo tipo de atitude que a tinha decepcionado e afastado dele.

A partir de certa altura percebeu que aquele homem atraente e brilhante não era o mesmo por quem se tinha apaixonado. Debaixo do seu ar afável, do seu modo sereno de levar a vida, uma outra personalidade aparecia, como se tivesse escondido dentro de si outra pessoa. Para quem não existiam causas justas ou injustas, a verdade e a razão dependiam do que era economicamente mais rentável. Em geral ganhava as questões que defendia, sabia ser muito hábil e mantinha-se sempre na legalidade, isto é, seguindo a letra da lei, mesmo que traísse completamente o seu espírito. Esta era aliás uma prática comum, mas ela nunca imaginara que poderia ser também a dele.

Houve um dia em que o olhou como se fosse um desconhecido. Não era, de todo, quem ela pensara. Enganara-se e era urgente desfazer o engano. Tinha de sair da sua vida porque nunca poderiam entender-se. Mas ele não queria perdê-la e a guerra começou: usou todos os meios e artifícios legais, como se fosse possível reconquistá-la ou prendê-la a si legalmente.

Levei tempo a saber a maior parte dessas coisas. Sara não gostava de falar de si e nunca se lamentava.

Houve pormenores de que me apercebi, por uma ou outra palavra deixada cair no meio de uma conversa, e pouco a pouco fui encaixando o puzzle. Tinha desejo de saber mais, porque ela me fascinava, mas não queria ser intrusivo.

Recebia sempre pequenas respostas fragmentárias quando perguntava alguma coisa ao de leve, como por acaso. Mas lentamente fui-a conhecendo, e cada vez mais fui-me sentindo solidário e próximo.

Quando a olhava, sentada à minha frente, esperava que um dia ganhasse confiança e finalmente falasse, porque sentia dentro dela uma enorme tensão acumulada. Mas aparentemente ela não queria partilhá-la. Como se as dificuldades da sua vida, e porventura também ela mesma, não tivessem importância.

Sobre a minha vida, em contrapartida, ela sabia quase tudo: mostrei-lhe os quadros que havia no ateliê, inclusive os retratos de Cecília, e contei-lhe no essencial a minha história com ela.

Guardara esses quadros porque eram marcantes no meu percurso, disse-lhe. Por isso nunca os quisera vender. Seriam pontos de referência, um dia em que fizesse uma retrospectiva.

Ela não acreditou no que eu disse, embora fizesse com a cabeça um pequeno gesto de assentimento.

Dei conta de que começava a ler-lhe os pensamentos, e sorri.

Foi nesse momento que tive a certeza de que me iria envolver profundamente com ela. Sem eu saber bem como, ela tinha entrado na minha vida e eu aceitava que entrasse.

Um instante mais e eu iria amá-la. O seu belo corpo de felino seria suave como a pele macia de um gato.

O amor foi como eu esperava: intenso e cúmplice. Senti que também ela me tinha escolhido, como eu a escolhera. A vida podia trazer surpresas, pensei. Mesmo a um céptico, a um lobo solitário como eu.

Pela segunda vez na vida entrei numa relação próxima e funda com uma mulher. E pela segunda vez na vida percebi que, por causa de uma mulher, ia ficando mais tempo do que previra em Lisboa. O meu lado nómada, que eu gostava de chamar de cidadão do mundo (mas talvez fosse apenas o meu lado errático) passava para segundo plano, tornava-se uma possibilidade latente no horizonte, que agora admitia concretizar apenas em estadas breves. De preferência contigo, Sara. Ou, quando não quisesses ou pudesses acompanhar-me, ambos saberíamos que eu me ausentava por pouco tempo e voltaríamos a reencontrar-nos.

A vida tinha surpresas boas, pensei de novo.

Também pela segunda vez na vida era num tempo extremamente conturbado que eu amava uma mulher em Lisboa. O desemprego crescia de forma alarmante, a dívida externa era insustentável, havia falta de transparência nas contas públicas, o Banco de Portugal e a CMVM não fiscalizavam, a Justiça não funcionava, a economia estagnara, havia falta de competitividade (os ministros diziam competividade), o governo pretendia lançar grandes obras públicas desnecessárias ou inoportunas, que iriam agravar exponencialmente a dívida e os juros durante gerações, o poder económico estava ligado ao poder político, multiplicavam-se as empresas público-privadas que faziam negócios ruinosos para o erário público, o aparelho de estado crescia sem parar, a lógica do sistema era irracional e estava fora de controle e a única solução era sempre cortar nos salários e sobrecarregar os contribuintes. Os pequenos contribuintes, porque os grandes escapavam entre as malhas do fisco. Todos os dias havia mais pessoas da classe média a descerem ao limiar da pobreza, ou mesmo abaixo dele.

Mas, ao contrário do que sucedia nos anos 80, em que se vinha de uma revolução e de tempos politicamente muito conturbados, agora não havia atenuantes nem desculpas. Era preciso encarar de frente o que era responsabilidade nossa, e não apenas da crise do mundo.

Olhava-te enquanto falávamos, Sara. As tuas mãos flexíveis, de dedos longos, sem anéis. Os teus olhos escuros, que se ensombravam por vezes de repente.

A tua vida profissional difícil, em que tinhas de tomar grandes decisões sozinha. A solidão de julgar, a responsabilidade. E a enorme coragem com que enfrentavas tudo.

Tinhas a mesma percepção que eu do que se vivia, dos nossos erros e da crise externa. Porque também a Europa e o mundo tinham entrado em crise.

Eram tempos de convulsões, em que tudo tinha de ser repensado e era urgente um novo paradigma. A América fora (a estranheza de colocarmos o verbo no passado) o país mais rico e poderoso do planeta, pusera acima de tudo e por todos os meios os Seus Interesses. E agora a América implodia em Wall Street e ameaçava arrastar com ela o mundo ocidental. Acordávamos para um capitalismo sem regras nem ética, que vendera ao mundo valores fictícios. Alguns poucos ganhavam milhões, que seriam pagos por biliões de outros. Não era muito diferente de pôr dinheiro falso no mercado. E essa forma de corrupção, que se instalara como um cancro, era aparentemente considerada legítima. O mundo estava em estado de choque, e ainda não voltara a si. O impensável estava a acontecer?

Admirava a tua beleza, a tua rectidão, o teu carácter. E o teu lado sensível, feminino, imensamente humano. A tua capacidade de paixão e compaixão.
Porque te amava ia ficando em Lisboa, quando toda a gente que podia emigrava.
Mas tu não querias emigrar nem conformar-te. E também eu queria estar contigo entre os muitos outros que juntavam esforços para que o país acordasse e mudasse a forma de olhar. Para si mesmo e para o mundo.
Três ou quatro meses mais tarde, no meio de uma conversa, o Rui deixou cair que estavas a viver havia alguns meses em Lisboa, Cecília. Era aqui que o teu marido agora trabalhava, numa empresa sueca.
Fiquei surpreendido mas a notícia pareceu-me irrelevante. Não sentia nenhum desejo de voltar a ver-te. Preferia mesmo nunca te encontrar.

Mas encontrámo-nos inesperadamente em Maio, na inauguração de uma exposição do Miguel Luz. Eu circulava depressa pelo meio das pessoas, com a ideia de ir dar um abraço ao Miguel e desaparecer, porque este tipo de eventos nunca me interessou. De repente uma mulher soltou-se do grupo em que estava, e disse: olá, voltando-se de frente para mim.

Olá, respondi. Só então reparando que eras tu. Tinhas um vestido preto muito justo e um colar de pérolas em volta da garganta.

Sorriste e repetiste:

Olá. Como se não houvesse mais palavras, ou porque, nos dois segundos de silêncio que se seguiram, não conseguias encontrar nenhuma.

Mas no instante seguinte já estavas reintegrada num grupo de pessoas a quem me apresentaste, começando pelo teu marido.

– Gonçalo Marques, disseste. E em relação a mim:

– Paulo Vaz, que todos vocês conhecem. (Que provavelmente nenhum deles conhecia. E também eu não estava interessado em conhecê-los.)

Despedi-me três ou quatro frases mais tarde e saí, depois do tal abraço ao Miguel, que acenou ao ver-me, visivelmente feliz, do outro lado da sala.

Era um fim de tarde ameno, havia já no ar um prenúncio do verão.

Sim, sentia-se que o verão se aproximava, estava uma bela tarde em Lisboa.

Caminhei alguns minutos a pé, antes de chegar ao carro.

Não foi a tua voz que identifiquei, quando falaste. Na verdade nem prestei atenção, talvez porque havia demasiado ruído na sala. Só dei conta de que eras tu quando te voltaste de repente.

Mas era-me indiferente que estivesses ou não em Lisboa.

Fiz uma exposição em Nova Iorque a seguir, outra depois em Tóquio. Sara foi comigo e de ambas as vezes aproveitámos para ficar mais alguns dias. Voltámos de Tóquio no fim de setembro.

E durante esse tempo não pensei em ti.

Outubro tinha já entrado quando te encontrei de novo, no Ikea. Ou seja, no mais improvável dos lugares. No mais impróprio dos lugares. Devo ter dito algo assim, porque ambos sorrimos.

A sensação que tive foi de que tudo aquilo era absurdo, a começar por nós ambos e pela desnecessária justificação que demos um ao outro de ali estarmos, eu com um saco de lâmpadas na mão e tu com capas de edredom para o quarto das tuas filhas, que tinham ficado para trás na fila de pagamento de uma secção qualquer.

Também era o lugar mais improvável do mundo para me sentar contigo, a cafeteria do Ikea. Mas foi o que aconteceu. Um instante depois estávamos sentados a uma mesa e cada um de nós tinha na frente uma chávena de café.

— Tenho seguido o que tens feito, disseste. Consegui sempre o catálogo das exposições. Pela internet é fácil, acrescentaste, talvez perante o meu ar de surpresa. Outras vezes encomendei-o directamente às galerias.

— E tu? perguntei.

— Depois te conto. Gostaria aliás de falar-te disso, quando tiveres tempo.

O telemóvel tocou, era uma amiga que tinha ficado de se encontrar contigo.

— Já estou na cafeteria, disseste. Vem cá ter.

— Tomámos um café num sítio decente, em qualquer altura, e contas-me o que tens feito, disse eu.

Passaste-me o telemóvel e copiei o número para o meu.

— Sim, disseste. Não se pode falar de artes plásticas no Ikea.

E de novo sorriste.

Foi quando as tuas filhas vieram ter connosco. A mais nova teria uns dez anos, a outra um pouco mais. Eram altas e muito bonitas, e deve ter sido mais ou menos isso o que lhes disse. Elas sorriram, responderam polidamente uma frase qualquer e foram buscar um refresco ao balcão.

Enquanto se afastavam, disseste:

— Estou bem na minha vida e não quero mudá-la.

E um segundo depois acrescentaste:

— Mas ter-te conhecido foi o mais importante que me aconteceu.

Despedi-me quando a Leonor e a Inês regressavam, com dois copos de sumo e bolos suecos no tabuleiro.

Esse improvável encontro no Ikea, por volta de meados de Outubro, foi a última vez que te vi.

Nos dois meses seguintes tentei lidar o melhor que pude com a realidade, sem saber exactamente onde ela deixava de ser real. Parte de mim mantinha-se lúcida e distanciada. Outra parte de mim cedia a um impulso irracional de voltar atrás.

Pouco me importava que tivesses agora outra casa, na Lapa, outro homem que te amava e certamente amavas, duas filhas que te enchiam a vida e por amor de quem tinhas desaproveitado o teu talento e deixado morrer parte de ti.

Pertencias a essa casa, a essas três pessoas, a essa vida. Mas havia outra parte, de sombra, que tinhas recalcado, amputado do teu corpo.

E que no entanto era possível que tivesse sobrevivido a todos esses anos de ausência. Eu poderia talvez reencontrar essa parte de ti, marcando um número de telemóvel. Estava pelo menos na minha mão tornar a ver-te.

Pensava em telefonar-te mas adiava, pelo prazer de imaginar esse momento:

Encontrar-nos-íamos no bar de um qualquer hotel sofisticado e contaríamos o que nos acontecera, ao longo dos anos.

O que tínhamos feito, realizado, perdido, sonhado, navegações e naufrágios, vitórias e desastres.

E enquanto falássemos a luz do dia ficaria suspensa, a noite não cairia até acabarmos de narrar esse tempo intermédio.

E depois, pelo poder das palavras ditas, o tempo de antes e o de agora tornariam a unir-se, por um qualquer milagre improvável, e voltaríamos a existir, na mesma cidade em que nos tínhamos amado.

Mesmo só por um momento, podíamos voltar atrás e reencontrar-nos. Bastaria desligar a parte racional, as convenções, os lugares-comuns, o sentido exacerbado do real e deixar-nos levar pelas leis prodigiosas do instinto: o corpo saberia guiar-nos, por entre os escolhos demasiado óbvios do quotidiano.

Tinhas agora outra vida, mas isso para mim não contava. Havia uma parte de ti que também voltava, uma parte até agora perdida, que eu saberia despertar de novo. Tinhas dormido cem anos, mas ainda era tempo de fazeres a obra que trazias contigo. Podias, quem sabe, conciliar tudo. Talvez afinal pudesses, de um modo prodigioso, improvável, conciliar tudo.

A 20 de dezembro li a notícia num jornal:
Um acidente de viação ocorrera, devido provavelmente ao gelo que se formara na estrada. O carro despistara-se, fora bater contra uma árvore, o condutor ficara ferido sem gravidade, duas crianças, que seguiam atrás, ficaram ilesas, mas a mulher, sentada ao lado do condutor, tivera morte instantânea.
Os nomes, que li e soletrei várias vezes, sem poder acreditar no que lia, eram os vossos. A mulher morta eras tu.
A realidade vinha ter comigo numa folha de jornal. Era a realidade, mas eu não sabia o que fazer com ela.
Soube também pelo jornal que o corpo da mulher ficou em câmara-ardente na igreja de Santa Isabel, e que na manhã do dia 22 foi cremado no cemitério dos Olivais. Mais tarde soube ainda que as cinzas tinham sido espalhadas a seguir no cendrário.

Não estive obviamente em nenhum desses momentos. Não tinha esse direito, eu não fazia parte da tua vida nem do que acontecia contigo.

Mas era também uma forma simples de recusar os factos.

Também me recusei a estar presente nos dias de Natal que se seguiram. Sempre abominei o Natal, mas esse foi-me particularmente odioso.

Telefonei a Sara, que passaria o Natal com a família da mãe, e disse-lhe que não iria com ela. Depois lhe explicaria, mas nesse ano faria greve ao Natal.

Não sei se ela conseguiu compreender.

Pensei em partir para um país longínquo onde não houvesse Natal, um país muçulmano, budista ou de outra religião qualquer, onde não conhecesse ninguém. Mas escolher um destino e apanhar um avião parecia-me esforço demasiado. Não tinha energia para tanto, mas também não queria estar com quem quer que fosse.

Sara ligou a 24 e a 25, mas não atendi. Acabei por deixar uma mensagem no gravador de chamadas e no computador, informando que me ausentara, e fiquei clandestinamente no mesmo lugar em Lisboa.

Não aceitava ter-te perdido, a um passo de te reencontrar, quando tinha estado ao meu alcance marcar o teu número de telemóvel.

Agora esse momento faltava-me. E porque ele não acontecera eu tentava adivinhá-lo. Queria saber o que me terias contado, como tinhas vivido em todos esses anos, que paisagem vias das janelas da tua casa, das tuas várias casas, em Londres, na Suécia, em Lisboa.

(Visita guiada a tua casa.)

Pensei em pedir fotografias tuas à Maria Rosa, mas pus de parte a ideia, que ela acharia demasiado louca.

Dei comigo a querer reunir os vestígios de ti que pudessem ter restado em qualquer parte, relatos, testemunhos, fotografias, o que quer que fosse. Teria de inventá-los, se nunca os conseguisse. Queria saber como era a tua casa na Lapa, subir no elevador, empurrar a porta e entrar, folhear os álbuns de família, ver-te com as crianças nas fotografias, reconstituir como viverias na tua casa, nos arredores de Estocolmo, imaginar o que farias, como ocupavas o tempo, que livros lias, que música escutavas. Uma mãe de família, ocupada com os trabalhos domésticos, frequentando aulas de língua sueca, mais ou menos obrigatórias para todos os estrangeiros residentes, levando as filhas à escola e indo buscá-las, as filhas que falavam sueco melhor do que ela, sueco era a terceira língua que aprendiam, a segunda fora o inglês, tinham nascido em Inglaterra, só falavam português em casa, e agora em Lisboa andariam no St. Julian's porque era importante manter essa familiaridade com outra língua, nunca se sabe onde os filhos irão viver um dia.

Queria recuperar um instante contigo, como se tentasse recuperar uma parte de mim próprio. Não aceitava que tudo ficasse como afinal sempre ficara, ao longo dos anos: uma conversa inacabada.

Foi por essa altura que recebi o convite do director do CAM, e depois de algumas hesitações aceitei fazer a exposição que tinha pensado contigo. Tenho estado a trabalhar nela há vários meses.

Agora deixavas a tua casa na Lapa e sentavas-te no ateliê como antigamente, enquanto eu trabalhava.
Era-me fácil saltar sobre o real, ignorá-lo ou subvertê-lo. Amar uma pessoa é falar-lhe quando ela não está presente, disse alguém.
Porque ela se instalou dentro de nós. Tornou-se um objecto interior, uma parte de nós que só a nós diz respeito.
Muitas vezes, anos atrás, eu pensava em ir buscar-te, subir os degraus, entrar no elevador, arrombar a porta da tua casa, arrastar-te à força, levar-te comigo, mesmo que não quisesses.
Mas agora vinhas, por vontade própria, sentar-te aí, nessa cadeira.
Como muitos anos atrás eu olhava no ateliê a tua cadeira vazia.
Interrogava-me como teria sido, se tivesse vivido a vida toda contigo. Se era a tua ausência que te tornava única, porque através da imaginação eu te via maior do que o real.
Imaginava o que dirias:
– É muito fácil ser o maior dos amantes, se houver o mar ou a morte de permeio.
Ulisses ama Penélope acima de tudo no mundo, se entre eles estiver o mar e ele puder amar todas as mulheres, dirias. Com a lucidez que sempre te conheci.

Ter-te-ia sido infiel, se tivesse vivido contigo? É possível que sim, mas apagaria os vestígios, para que nunca soubesses. Não irias acreditar que a infidelidade pode não ter a menor importância, quase ninguém acredita nisso.

Se te fosse infiel seria para provar a mim mesmo que não dependia de ti (na verdade emocionalmente dependia, mas julgo que nunca soubeste quanto).

Mas talvez não te fosse infiel, era feliz contigo. Não te tornavas opressiva, ocupavas o teu espaço, mas nunca voluntariamente o meu. No que dependia de ti deixavas-me livre, não eras ciumenta, possessiva, inquisidora, não fazias perguntas, não eras angustiada, insegura ou inquieta. Estavas simplesmente lá, ocupando serenamente o teu espaço. Acreditavas que o amor era uma coisa simples, à prova da vida, resistente ao quotidiano. Não tinhas medo do desgaste, nem de envelhecer. Estavas centrada em nós e no teu trabalho. Os anos podiam passar, nada de essencial mudaria.

É verdade que também com Sara consigo viver, até certo ponto, um amor assim. Ou conseguia, antes de surgires entre nós ambos, e de novo desapareceres e me deixares de repente a procurar-te no escuro; porque é a segunda vez na minha vida que desapareces de repente, tens essa tendência insuportável para desaparecer, e isso é algo que não consigo aceitar. Ainda me sinto de luto por ti. E Sara, com quem falei, sabe exactamente o que se passa comigo.

Se tivéssemos continuado juntos, ter-me-ias sido infiel? Sempre pensei que não, eras feliz e não precisavas de provar nada a ti própria. Se me fosses infiel, o meu mundo ruía? Penso que aguentaria infidelidades, desde que fossem passageiras. Não, não te diria nada. Tentaria ignorar, a ver o que decidias. Mas acreditava que eu nunca estaria em causa, estava seguro do teu amor por mim.

Sobretudo porque te dava o que mais desejavas, a possibilidade de seres tu própria. Eu era a excepção. Segundo Benedetta, os homens podem perdoar tudo a uma mulher, mesmo um amante, podem perdoar-lhe tudo, excepto o talento.

Mas eu admirava e amava também o teu talento, Cecília. Não competia contigo, porque também estava seguro do meu. Podíamos ser livres e caminhar lado a lado. Iguais e diferentes. O par, Le Couple, éramos nós.

Não é verdade que ainda te amo porque te perdi. Também te amei profundamente quando estavas comigo. O meu amor nunca foi o de Pedro por Inês. Nem o meu eros é fúnebre, neste país de melancólicos. Não foi um amor tipicamente português o que vivi contigo.

Dei conta (Alison que o dissesse) de que os homens são facilmente amados pelas suas obras, o seu talento, o seu nome, a sua carreira. Mas quase nenhum homem ama uma mulher porque a admira, pelo seu talento, pela obra que cria. Nesse aspecto eu era talvez uma excepção.

Mas agora que entrara nesse jogo de voltar atrás e olhar Lisboa contigo, Cecília, verificava que afinal não queria ou não podia recuperar nada do projecto de então. Preferia não lhe tocar, nunca mais lhe tocar, deixá-lo como sempre fora: apenas ideias soltas, lançadas ao ar, ao sabor do acaso e do vento.

Faria outra coisa, diferente, decidi: imagens desfocadas de Lisboa, em que a cidade se adivinhava mais do que se via. Porque Lisboa não estava debaixo das luzes dos holofotes nem da atenção do mundo, e as imagens que dela chegavam eram pouco nítidas, desfocadas. Eu oferecia assim um olhar oblíquo, um tanto vesgo, um olhar falso que reclamava um segundo e um terceiro olhar. As telas exigiam novas leituras, que desvendavam mais do que parecia oferecer-se inicialmente, e nasciam do desejo de olhar mais. Lisboa surgia como uma cidade de desejo, uma cidade de que se andava à procura.

Semanas ou meses mais tarde, enquanto cozinhávamos um prato quente em minha casa, Sara parou a meio de uma frase, esforçou-se por concluí-la mas não conseguiu e voltou-se de costas para mim, tentando a todo o custo suster as lágrimas. Era um rio de lágrimas, longamente acumuladas, que ela continuou a tentar conter quando a abracei, escondendo a cara no meu ombro.

Deixei-a chorar, sem dizer nada. Apenas continuei a abraçá-la.

Até que ela levantou a cabeça e disse de repente: o lume. Havia fumo em toda a volta, vinha obviamente da comida queimada.

– Não há problema, disse eu apagando rapidamente o fogo e mergulhando a frigideira em água fria, o que aumentou ainda mais o fumo, que agora nos envolvia numa camada espessa.

Abri a janela e fi-la sentar-se à mesa.

−Vou servir-te uma omelete de espargos, disse com o ar mais alegre que consegui. A minha especialidade.

Ela sorriu e depois disse:

− É a tensão em que eu vivo. Às vezes não aguento.

E falou de pressões e ameaças que às vezes recebia pelo correio ou em SMS. Mas eu sabia que não era só isso, embora fosse carga mais do que bastante para qualquer um. Era a relação comigo que a magoava. As defesas tinham caído e ela dava conta de que era uma mulher vulnerável e sozinha, que de repente encontrava um homem que amava. Mas ele sofria porque perdera outra mulher. E era um lobo solitário. Punha o seu trabalho adiante de tudo e provavelmente nunca iria dar-lhe mais do que encontros como aquele. O que, pelo menos naquele instante, ela sentia como mais ou menos nada.

Era isso o que eu ouvia, dentro de mim, enquanto ela falava de outras coisas.

Uma mulher forte, que por outro lado era frágil até ao desamparo.

Uma mulher diferente, única. Abracei-a de novo. Estaria com ela, do seu lado, apoiá-la-ia contra todas as ameaças e chantagens do mundo. Queria ainda dizer-lhe que a amava, a admirava, a escolhera, queria viver com ela. Mas tive medo de mim próprio, de dizer demasiado, porque não queria magoá-la ainda mais se não conseguisse cumprir o que dizia.

Sentia-me vagamente sonâmbulo, numa espécie de não--tempo, como num intervalo da vida.

Falámos finalmente de nós, na manhã seguinte. Precisava de estar algum tempo comigo próprio e reencontrar-me, disse-lhe. Havia uma zona de sombra, um período de luto que eu tinha de atravessar e resolver.

Eu sei, disse ela. Neste momento precisas de estar sozinho.

Então ela propôs, e acabei por aceitar, que não nos encontrássemos até eu terminar a exposição.

Caminhei no passeio, à beira-rio, onde uma bicicleta rodava devagar sobre o poema "O Tejo é mais belo que o rio que corre pela minha aldeia". As rodas giravam, no chão alcatroado, sobre uma palavra e outra, primeiro devagar e depois cada vez mais depressa, eu ouvia o som da roda girando sobre as palavras ainda legíveis, depois as letras começariam a deslizar e a confundir-se, até se converterem num borrão indistinto.

A escrita como imagem, o legível e o ilegível como verso e reverso de uma imagem num espelho, as palavras reflectidas ou projectadas sobre a água, o asfalto do cais transformando-se em água, as palavras transformando-se em rio, as palavras "Pelo Tejo vai-se para o Mundo" ondulando sobre um rio, depois sem transição correndo sobre o mar, porque agora a água ondula, cavada, torna-se de um azul profundo, enquanto as letras brancas escurecem até ficarem negras, começam a desfazer-se na água e deixam de ser legíveis.

Tinha já prontas várias telas, trabalhava nas últimas duas.

Do projecto inicial ficariam apenas vestígios, no nome da exposição ("*A Cidade de Ulisses*, Exposição de Paulo Vaz, a partir de um projecto de Cecília Branco"), e também o mote em que tínhamos pensado anos atrás:

"Os turistas fogem em geral de si mesmos e procuram, obviamente, as cidades reais. Os viajantes vão à procura de si noutros lugares e preferem as cidades imaginadas. Com sorte conseguem encontrá-las. Ao menos uma vez na vida."

O anúncio da exposição já saiu nos jornais. A inauguração está marcada para daqui a dois meses.

Ocorre-me (por que não pensei nisso há mais tempo?) que talvez os cadernos em que desenhavas e escrevias não tenham desaparecido nas mudanças de país para país, de casa para casa, Cecília. Talvez haja neles algo ligado ao tema, que eu possa incluir pelo menos como citação no catálogo.
Faz sentido telefonar ao teu marido, encontrar-me com ele e falar disso.
São duas horas da manhã agora. Amanhã de manhã vou telefonar-lhe.

Inesperadamente foi Gonçalo Marques que me telefonou na manhã seguinte. Tinha lido nos jornais o anúncio da exposição e gostaria de me falar sobre ela. Poderia vir ao meu ateliê quando me conviesse.
— Também tenho interesse em falar-lhe, disse eu. Ia aliás telefonar-lhe nesse sentido.

Combinámos encontrar-nos no dia seguinte, no escritório dele, que ficava para mim relativamente perto.

Era um escritório impessoal mas confortável no último piso de um prédio alto, de onde se alcançava, através de um grande painel de vidro, uma larga perspectiva de Lisboa.
Não perdemos tempo e fomos direitos ao assunto. Aliás foi ele que falou primeiro:
— Li nos jornais que a sua exposição parte de um projecto de Cecília Branco.
— Exacto, confirmei. Pensámos há muitos anos fazer uma exposição sobre Lisboa. Acabei por fazer algo diferente, mas mantive o título e o mote.
— É portanto uma exposição sua. O nome de Cecília é apenas citado.
— É sobre isso que tencionava falar-lhe, expliquei. Queria saber se porventura ela deixou trabalhos, papéis ou cadernos relacionados com o tema. Em caso afirmativo, gostaria de lhes dar espaço, de poder pelo menos referi-los no catálogo.
Ele fez um momento de silêncio.
— Há muito mais, disse por fim. Foi essa a razão do meu telefonema: Cecília deixou um grande número de quadros, gravuras, desenhos, esboços e centenas de cadernos com notas e escritos vários. Além de vídeos, filmes, e milhares de fotografias.
Olhei através da janela a cidade que se estendia até ao horizonte. Durante um instante ignorei a sua presença. Queria ficar sozinho com o que acabava de ouvir.

Só depois me voltei para ele:
— É a melhor notícia que recebo, em muitos anos.

Olhei de novo o perfil da cidade atrás da vidraça, e durante um instante deixei de ouvi-lo. Só depois dei conta de que ele continuava a falar:

— Em relação ao que acaba de sair nos jornais, quero dizer-lhe que há uma exposição com esse nome, *A Cidade de Ulisses*, descrita e planificada nos cadernos de Cecília, e para a qual deixou além disso vários quadros. Ela tencionava falar consigo sobre isso, uma vez que o projecto era inicialmente também seu.

Fez de novo uma pausa, que não preenchi. Ficámos ambos um momento em silêncio.

(*"A Cidade de Ulisses*, Exposição de Cecília Branco". A frase vinha-me à ideia, escrita algures, talvez num cartaz.

Eu podia vê-la ou aluciná-la.)

— Uma vez que Cecília a planificou, a exposição será apenas dela. Deixo-lhe todo o espaço, e retiro a minha.

Ele repetiu, como se não acreditasse:

— Retira a sua?

— Talvez a apresente mais tarde. Não sei, não importa. Para já vou retirá-la.

Se concordar, acrescentei, poderei orientar a montagem da exposição de Cecília. Tenho larga experiência do assunto.

Ele olhou-me de novo com surpresa.

— Na verdade era exactamente isso que eu tencionava propor-lhe: que o senhor retirasse a sua exposição, e ficasse, no seu lugar, a de Cecília, disse, e notei na sua voz um tom mais leve, quase de alívio, como se estivesse preparado para encontrar resistência da minha parte.

– Quando poderei ver os trabalhos de Cecília?

Queria só ouvir isso e sair dali. A entrevista, para mim, acabara, e fiz menção de levantar-me.

Mas Gonçalo Marques parecia agora ter todo o tempo do mundo. Com um gesto pediu-me que não me levantasse.

– As notas e indicações dos cadernos são por vezes fragmentárias, continuou. De facto a exposição não está planificada de modo a poder ser montada apenas por técnicos. Precisa de alguém do ofício, uma mão experiente a juntar as peças e a dar-lhes unidade. Agradeço por isso a sua oferta de dirigir a montagem.

Fez uma breve pausa antes de prosseguir:

– Cecília confiava em si. Deixou escrito há anos que, se algo lhe acontecesse, queria que todos os seus trabalhos inacabados lhe fossem entregues. O senhor saberia o que fazer com eles.

Os quadros e o espólio têm estado a ser fotografados e digitalizados. Tencionava telefonar-lhe em breve para o informar. Mas a notícia nos jornais veio apressar tudo.

Poderá ir ver os quadros e o espólio quando quiser, e falaremos então de outros detalhes.

Nenhum de nós disse mais nada sobre o assunto. Fiquei apenas de ir na noite seguinte a sua casa.

E agora eu subia no elevador e entrava em tua casa, Cecília, e encontrava-te em todo lado, nas fotografias das paredes, nos porta-retratos sobre as mesas, em alguns dos quadros que mesmo à distância tinha a certeza de que eram teus e para onde os meus olhos, a espaços, voltavam sempre. Estavas lá, na atmosfera acolhedora e alegre que se desprendia das coisas, na harmonia do conjunto, no acerto da disposição dos móveis, na escolha dos objectos, nas pregas suaves das cortinas. (Visita guiada a tua casa.)

Mas era uma parte da tua vida que não tinha a ver comigo, em que eras simplesmente "a mãe", ou a mulher daquele homem afável que me indicara um sofá e agora me servia um Porto.

– Cecília tencionava fazer em breve uma exposição em Lisboa, disse ele inclinando sobre o cálice um frasco lapidado, de cristal. Durante todos estes anos nunca quis expor, a não ser em Londres, em exposições colectivas. Também é verdade que ela não tinha muito tempo livre, quando as crianças eram pequenas. Mas apesar de tudo nunca deixou de pintar.

Eu olhava as fotografias mais próximas, numa mesinha baixa: seguras ao colo uma criança, caminhas com duas crianças pela mão, uma de cada lado, vestidas de igual, de boinas e saias escocesas, algures num campo inglês, e agora numa rua de Londres, e depois certamente na Suécia: estás sentada numa cadeira de jardim, diante de uma casa de madeira, por detrás da qual se vislumbra uma fileira de grandes árvores.

E na parede em frente, por detrás de um sofá, outros quadros teus, aonde ele depois me conduziu: *Meninas e gatos*,

Auto-retrato com chapéu de chuva, *Retrato de Gonçalo*, *Mulher sentada*.

Sorri, olhando os quadros mais de perto. Sabia que nunca me irias decepcionar, Cecília. Se eu tivesse dúvidas – mas nunca as tive – ali estava a prova.

Olhei a assinatura no ângulo direito e imaginei a tua mão a escrevê-la. Sublinhando-a como sempre com um pequeno traço.

Durante dois anos tinhas feito gravura na Slade com Bartolomeu, dizia Gonçalo Marques. Ele admirava muito os teus trabalhos. Não só ele, toda a gente. Mas, como referira, em Londres só tinhas entrado em exposições colectivas. Querias ter mais obra feita para expor sozinha. Depois foi o tempo da Suécia e das crianças. Só recentemente planeavas uma exposição.

Mostrava-me gravuras nas paredes do escritório, e óleos e acrílicos na sala de jantar.

Passámos depois para um estúdio com uma grande janela, de onde se via o rio. Era noite e viam-se as luzes na ponte, mais abaixo luzes talvez de barcos e as luzes distantes da outra margem.

Era aí que trabalhavas: ainda lá estava o cavalete, a cadeira de verga onde te sentavas, com um espaldar alto onde poderias encostar a cabeça, um sofá escuro junto a uma parede, com almofadas de cor amontoadas e um tapete artesanal em frente.

Havia os quadros com os santos populares das festas de Junho, feitos a partir dos esboços que me tinhas mostrado, anos atrás. E fotografias das crianças, e outras tuas e do teu marido em Sidney, Nova Iorque, Singapura, Atenas.

Gonçalo abria uma pasta com desenhos, indicava-me uma série de telas dentro de um armário, e abria gavetas onde se acumulavam centenas de cadernos. E uma pasta, que tinhas querido que me fosse entregue, com tudo o que ficara inacabado.

Devia passar da uma hora da manhã quando acabei de ver os desenhos e as telas.

— Penso que deveria haver, ao mesmo tempo, duas exposições na Gulbenkian, disse a Gonçalo Marques, que me observava procurando avaliar a minha reacção: *A Cidade de Ulisses* e outra, com os restantes trabalhos. Cecília surgirá assim a uma outra luz.

(De um dia para o outro. Cecília Branco.) E há, naturalmente, material para muito mais.

— Eu sei, disse ele. Livros, por exemplo. Um livro com a obra. Uma fotobiografia. A publicação dos Cadernos. Outras exposições, temáticas ou cronológicas.

— É trabalho que ocupará muitas pessoas, doravante, acrescentei. Surgirá muita gente interessada em estudar Cecília. As exposições na Gulbenkian são só o princípio.

Falarei com o director do CAM sobre a ideia de fazer, inicialmente, duas exposições. Ele vai querer ver as obras e falar consigo. Dar-lhe-ei, se concordar, o seu contacto.

Ele assentiu e entregou-me a pasta que me era destinada e uma série de CDs e DVDs.

– Toda a obra está aí, digitalizada. Incluindo os cadernos e a planificação da exposição, e também filmes e vídeos. Penso que para já pode servir como instrumento de trabalho. Mas contacte-me sempre que precisar.

Eu começaria então por ver a parte relativa a *A Cidade de Ulisses*, disse-lhe despedindo-me. Voltaria depois a contactá-lo.

Entrei no elevador e, quando comecei a descer, senti uma espécie de vertigem e tive consciência de que uma fadiga imensa me assaltava. Abri a porta do carro e a única coisa que consegui pensar foi que algures, na casa onde já não estavas, num quarto onde obviamente eu não entrara, havia duas crianças que dormiam.

Passei o resto da noite e os dias e noites seguintes a ver os CDs, os DVDs e os trabalhos inacabados. Tomava café quando a fadiga aumentava, mas não me deitei nem dormi.

Queria seguir-te no teu percurso, Cecília. E antes de mais eras tu própria que eu procurava nas obras, nas imagens, nas fotografias. Numa vida que eu não conhecia.

Num parque londrino, em paisagens da Suécia, com árvores cor de outono ou campos cheios de neve. Paisagens sobre as quais trabalhaste depois em alguns quadros. A tua casa nos arredores de Estocolmo. As crianças crescendo, como nas páginas de um álbum. Um cão na relva. Um entardecer, a luz branca do inverno.

Falas agora para a câmara de vídeo, reconheço a tua voz.

Mas a seguir perco a noção do que estás a tentar dizer, devem ser quatro ou cinco horas da manhã, e ouço-te só depois frases mais tarde.

(Visita guiada aos teus quadros.)

Bastará que te siga, que siga a tua voz. Falas do que te motivou, das circunstâncias de algumas obras.

Mas nada disso é o mais importante. Sigo-te, para onde quer que vás, nos caminhos do teu pequeno mundo, que se tornou o grande mundo dos outros, o mundo violento, caótico, incompreensível, de nós todos. Sigo-te na tua tentativa de dar um sentido ao absurdo, de organizar o caos, de procurar harmonia onde ela não existe.

Procuro-te como se reunisse as peças de um puzzle, através de uma profusão de materiais, em que é fácil deixar-me submergir e perder o norte.

Mas não posso perder o norte, quero conhecer em pormenor o teu percurso e o teu contexto, mas tenho pouco tempo para organizar a exposição e quero trazer-te, da melhor forma possível, para o mundo, ajudar a colocar-te, e ao teu nome, no mundo. Cecília Branco.

Só na terceira noite me deitei e dormi.

Acordei cedo, telefonei a Sara, que tinha mantido ao corrente do que se passava, e telefonei ao director do CAM: precisava de falar com ele com urgência, tinha havido uma alteração no que fora anunciado.

Recebeu-me de imediato e ouviu-me com a maior surpresa, mas depois com agrado, quando lhe falei na amplitude da obra e descrevi sucintamente a exposição de Cecília.

– Coincide em alguns aspectos com o que o senhor tenciona apresentar?
– Não, acabei por fazer outro projecto, diferente.

Anunciar-se-ia então nos jornais que *A Cidade de Ulisses* seria uma exposição de Cecília Branco, disse ele. Mas era urgente que eu desse, desde já e antes desse anúncio, uma explicação à imprensa. Não podia surgir do nada uma alteração tão radical do que estava previsto.

E fazia questão de que a minha exposição se fizesse logo a seguir à de Cecília. Implicava alterar as datas de todas as exposições já anunciadas até ao fim de 2011, mas mesmo assim ele insistia.

– Não tenho objecções, concordei, de qualquer modo a minha exposição está pronta. Mudarei apenas o título.

Dei-lhe o contacto de Gonçalo Marques, com quem ele iria falar a seguir. Tinha a maior curiosidade em ver a obra, confessou.

Fiz nesse mesmo dia uma comunicação ao assessor de imprensa da Gulbenkian e pensei que o assunto ficara resolvido.

Dois dias depois o director do CAM telefonou-me: ficara entusiasmado com as obras de Cecília e concordava com as duas exposições em simultâneo. Encarregar-se-ia do que respeitava à segunda. Encontraria um comissário e uma equipe competente para a realizar, em tempo recorde.

Alegrei-me com as boas notícias e combinei entregar-lhe também os trabalhos inacabados, porque todos eles eram interessantes em si mesmos e faziam parte do contexto. Voltei a concentrar-me no trabalho.

Não imaginava que se iria seguir um verdadeiro assédio dos jornais e sobretudo de um número indescritível de revistas de grande difusão. Tive de mudar o número do telemóvel, que se tornou privado, para falar com Sara, desliguei tudo o mais e fiquei incomunicável. Mas antes disso recebi por e-mail e por SMS uma torrente de perguntas, com pedidos urgentes de resposta:

Quem era, exactamente, Cecília Branco? Que lugar tivera na minha vida? Que história vivera com ela? Quando e como a tinha conhecido? Tínhamos trabalhado juntos? Tínhamos sido amantes? Como era o nosso background familiar, antes de nos conhecermos? Como tinha surgido a ideia de *A Cidade de Ulisses*? Porquê esse título? Por que razão não continuara a colaborar com Cecília? Como fora a minha vida? E a vida de Cecília? Como acontecera a sua morte? O que significou para mim a morte dela? O que sentira, nessa altura? Por que razão a sua exposição substituía agora a minha, anteriormente anunciada? Eu tentara plagiá-la? Queria pegar no projecto dela e realizá-lo como se fosse meu, agora que ela desaparecera?

Por outro lado, como podia entender-se que, tendo eu uma obra feita e um nome internacional, cedesse o meu lugar, inaugural naquela série de exposições, a uma desconhecida? Era tudo um jogo, uma mistificação, uma técnica promocional?

Por que me interessava por Lisboa? E por que se interessara Cecília pelo tema? Não achava eu que Lisboa era uma cidade decadente, suja, abandonada, que as sucessivas Câmaras não funcionavam, a traíam, destruíam e descaracterizavam? Que os interesses imobiliários dominavam tudo e faziam verdadeiras atrocidades na cidade? Que os bairros modernos eram desastrosos e os subúrbios medonhos? Concordava que mesmo o Parque das Nações, inicialmente bem pensado, acabara por ficar demasiado construído? E sabia que a Câmara pensava alterar o PDM, para se poder construir nos logradouros, mesmo na zona histórica?

Sim, estas últimas eram perguntas a que eu responderia. Mas depois da exposição de Cecília.

Parei de ler os e-mails. Depois os veria e responderia a alguns, se valesse a pena.

O último que li na altura, e que deixaria obviamente sem resposta, apesar de se lhe seguir, por vários meios, uma insistência inacreditável, dizia o seguinte:

"Sou uma jovem jornalista estagiária e procuro uma boa história. Tenho o pressentimento de que, por detrás desta exposição, há uma boa história. Por isso lhe solicito uma entrevista. Fique certo de que tudo farei para consegui-la, mesmo que não queira conceder-ma. Não duvide da minha capacidade de perseverança e de persuasão. Como sabe, há jornalistas que acabam por perder a vida, perseguindo até ao limite uma história. É isso o que distingue uma boa história: estarmos ou não dispostos a arriscar a vida para ir até ao fim atrás dela."

Soube, de uma das vezes que falei com Gonçalo, que ele era tão assediado como eu, mas também ele ficara incontactável. As declarações que fez aos jornais, através do adido de imprensa da Gulbenkian, foram tão lacónicas como as minhas sobre a sua vida privada.

Na verdade o grande público pouco se importava com as artes, os livros e as ideias. Mas qualquer fait divers sobre um assunto fracturante ou sobre a vida privada de alguém levantava ondas de curiosidade e explosões de emoção, multiplicava as aparições na TV e os artigos, que se contradiziam uns aos outros nos jornais, tornava um nome conhecido de um dia para o outro, punha em polvorosa as bilheteiras, fazia subir exponencialmente as vendas. Com maior ou menor habilidade, era muito frequente por isso inventar-se uma qualquer polémica ou provocação promocional. Qualquer motivo servia e também o seu contrário, desde que tocasse num tema fracturante ou numa corda sensível.

Mas nenhum de nós entraria nesse jogo ou teria essa atitude. Nem o director do CAM ou a Gulbenkian, por muito interesse que pudessem ter no êxito das exposições.

Tinha agora uma ideia clara de como organizar o teu projecto, Cecília, seguindo o plano e as indicações que deixaras. Incluí ainda excertos dos Cadernos, que ampliavam alguns aspectos, ou os faziam surgir a outra luz. As folhas, virtuais, passavam, a um movimento da mão do visitante.

Não irei descrever-te em pormenor a exposição, conhecê-la por dentro porque a foste imaginando ao longo dos anos, a partir de muitos acontecimentos e lugares.

Dir-te-ei apenas como organizei o que deixaste solto e referirei, como em tempos combinámos fazer em relação às obras um do outro, alguns aspectos que particularmente me interessaram. Como por exemplo a sedução da escrita. Estávamos no domínio do visual, mas a escrita seduzia-te como abismo: as palavras estavam lá também para serem lidas, e encerravam ou encenavam mundos. (Daí também eu ter incluído excertos dos teus Cadernos.) Entendi por que razão, numa determinada época, tinhas trabalhado em gravura: o desejo de deixar um traço, um sinal de passagem, como um sulco no tempo.

Gravavas imagens de uma Lisboa imaginada e cobri-las de palavras, como um corpo com que se faz amor.

Em várias dessas gravuras – uma colina, o castelo, o rio, campos descendo até à praia – surgiam palavras de outros, que, ao incluí-las, tornavas tuas:

"solo fértil",

"árvores e vinhas",

"todas as mercadorias, de elevado preço ou de uso corrente."

"Prospera a oliveira."

"Muitos géneros de caça."

"Banhos quentes."

"Tem ouro e prata."

"Também tem limões."

"Abundante de figos."

"Até nas praças vicejam pastos."

Esta é, através dos teus olhos, a Lisboa árabe do século XII, trezentos anos anterior às Descobertas e já nessa altura uma cidade de abundância.

"Ao tempo a que ela chegámos era o mais opulento centro comercial de toda a África e de uma grande parte da Europa."

O Tejo era "dois terços de água e um de peixe". "Ouro (…) se acha no Tejo", disse Plínio, e, segundo Ovídio: "Corre no Tejo/ Seu ouro derretido em vez das águas". (O ouro do Tejo existiu até ao reinado de D. João III.)

E havia os quadros, quase todos acrílicos, da série a que chamaste *Ulisses*, e que poderiam ser histórias portuguesas:

Mulher à janela, Mulher esperando à janela, A espera.

(Neste último o tempo parou, no mostrador desbotado de um relógio; há uma jarra com flores sobre uma mesa, uma mulher sentada com as mãos no regaço e um livro aberto deixado cair. O olhar fixo da mulher, olhando o vazio. O vazio, ou a morte, como tema. O quadro como natureza morta.)

E ainda outros em que as imagens também são de solidão, abandono, melancolia: uma mulher olhando o mar, numa praia deserta; uma mulher sentada, num imenso campo vazio.

Dos *Cadernos de Estocolmo*:

O silêncio das florestas. Os longos espaços despovoados, uma forma de beleza de algum modo opressiva. O silêncio como um mo-

mento suspenso, antes de um grito. Fico à escuta, à espera de ouvir esse grito, vindo de algures de repente.

Mas ninguém grita.

O silêncio pesando. Acumulando-se nas árvores, nos campos, nos caminhos, em espessas camadas de neve sobrepostas.

E havia depois fotografias muito ampliadas de pegadas numa praia, os pés descalços de um homem caminhando. (Lembrava-me delas. Uma manhã em Tróia.) As pegadas míticas de Ulisses.

Dos *Cadernos de Londres*:

Viagem à Grécia, com Gonçalo. Uma viagem real, datada, mas também simbólica, em busca de raízes. Guardei os bilhetes de avião Londres-Atenas-Londres, os bilhetes de entrada nos museus, as contas dos restaurantes e hotéis, os bilhetes do cruzeiro que nos levou a várias ilhas, do barco que nos levou a Creta. Trouxe desenhos, esboços, notas, por vezes em pedaços avulsos de papel, mapas, postais antigos, fotografias.

Algumas dessas fotografias tinham o título *Mediterrâneo*, e sobre elas, ou em legendas ao longo da parede, tinhas escrito os primeiros versos da *Odisseia, Fala-me, ó musa, do homem astuto que muito vagueou depois de abandonar as sagradas muralhas de Tróia.*

E uma escultura sugeria uma figura de mulher deitada, em cujo corpo se projectava intermitentemente um mapa--mundo.

Dos *Cadernos de Estocolmo*:

Todas as viagens dos homens se fazem em último caso sobre um corpo de mulher, de muitas mulheres.

Ulisses conhece outras mulheres, inclusive Circe e as sereias, mas volta para a primeira, a que ficou em casa, tecendo a história de ambos.

Penélope tecia em Ítaca o regresso de Ulisses.

Numa caixa de vidro, cuja forma lembrava um diamante e a que chamaste *O enigma*, havia água de um azul inigualável, uma cor deslumbrante que cegava. Mais que um pedaço de mar, era o azul em estado puro, uma cor alucinada que parecia vir de outro tempo e de outra dimensão. Cintilando sob um foco de luz, dir-se-ia um objecto ilimitado. Ou talvez o desejo em si mesmo, sem objecto, a sedução do desconhecido, do que nos leva a sair de nós, partir e procurar.

(Seria preciso todos os dias deitar dentro da caixa uma determinada quantidade de anilina para manter o azul inalterável, informei a equipe técnica da montagem.)

Dos *Cadernos de Londres*:

Procurei na Grécia o Mediterrâneo, o que tínhamos em comum com aquele país que como nós ficava sempre na cauda da Europa, um país meridional e atrasado, com gritantes contrastes de sombra e luz e um passado vertiginoso de civilizações milenares.

Encontrava a mesma vegetação, o mesmo clima mediterrânico que temos ao sul do Tejo: paisagens agrestes, caminhos de pó, terra branca, árida, charnecas de esteva e urze, mulas subindo penosamente encostas, moinhos de vento arruinados, rebanhos de cabras, oliveiras verde-cinza, papoulas. E extensas vinhas, há milénios que somos, como a Grécia, um país de vinho e de azeite.

E como ela um país voltado para o mar.

Lisboa é uma cidade atlântica, mas de configuração mediterrânica: numa enseada que lhe oferece um abrigo natural e junto a uma colina, como em Atenas a acrópole.

(Lisboa seguia-me, como Kaváfis escreveu de Alexandria.)

Procurei a Grécia profunda, fotografei-a, desenhei-a em esboços apressados: casebres, chapadas de cal, o azul excessivo do mar e do céu, o excessivo branco das casas, pescadores, uma velha sentada na soleira cosendo ou bordando, pinheiros com a seiva a escorrer para dentro de pequenos recipientes de barro presos ao tronco.

O cheiro familiar de tudo isso, dos pinhais, da resina, da esteva, da urze, da charneca.

Os pequenos cafés que surgiam por toda a parte, duas ou três cadeiras desconjuntadas, uma mesa estreita com uma toalha aos quadrados e estava um café montado, em qualquer curva da estrada, ruela ou esquina.

Bebido em pequenas chávenas, o café era escuro e forte como o nosso, mas deixava borras no fundo. O vinho verde, fresco, "ouzo".

As pessoas que se demoravam nas esplanadas, prolongando o momento de depois do almoço, as tabernas e cafés das aldeias onde quase só havia homens sentados porque as mulheres desapareciam no fundo das casas, numa clara divisão das funções, dos lugares, dos hábitos, dos direitos e do tempo, pressentia-se que havia mudança e resistência à mudança, que as cidades eram muito diferentes das *aldeias perdidas que descobríamos algures, no interior, fora dos mapas.*

"Kaphenion", ouvíamos dizer, numa língua que nos parecia de pássaros, cheia de vogais, que soletrávamos nos letreiros alegrando--nos quando conseguíamos decifrar uma palavra.

Só em pequenas doses aguentava os gritos dos guias, as hordas de turistas nos lugares famosos. Preferia os lugares sem nome nem história, perder-me nas ruas, surpreender o dia a dia das pessoas, comprar postais antigos em bancas de jornais ou em velhas lojas de Atenas. Ou sentar-me num café e ver o mar.

Jantávamos quase sempre ao ar livre, porque as noites eram quentes e cheiravam a laranjeiras.

Subimos uma vez à noite ao monte Likavittos para ver Atenas iluminada lá em baixo.

Revejo as fotografias que tirámos na Acrópole, ou em Delfos, em Creta, em Corinto, nas ilhas de Corfu, Mykonos, Kos, Santorini, Ítaca – Ítaca, que também visitámos, no Mar Jónio, e que também só a lenda ligava a Ulisses.

"O Atlântico. Um oceano e não um mar", referiste sobre os quadros da série Navegações.

E numa folha de papel, emoldurada, escreveste, na tua caligrafia:

Carta ao Pai:

Uma única frase, repetida até à exaustão:

Não estavas lá não estavas lá não estavas lá não estavas lá sempre que precisei de ti não estavas lá não estavas lá não estavas lá não estavas lá sempre que precisei de ti não estavas lá não estavas lá não estavas lá, sempre que precisei de ti não estavas lá não estavas lá sempre que precisei de ti não

— a folha, inteiramente coberta pela tua letra manuscrita, sem margens nem vazios, interrompia-se, por falta de espaço, a meio da frase, como se fosse continuar na página seguinte e ainda noutras, indefinidamente. E a última palavra visível era "não".

(Um país de onde os homens partiram. Durante séculos. E onde, pelo menos até recentemente, deixaram os filhos com as mães e continuaram a alhear-se, fugindo para dentro da TV ou barricando-se atrás das folhas dos jornais.

Nunca soubeste, nunca saberás, que uma noite, depois de partires, também eu escrevi uma Carta ao Pai. Diferente da que ali deixaste, mas de algum modo igual.)

E havia a série *Histórias de longe e daqui:*

Sereias, Tritão soprando no seu búzio, Dona Marinha. E cavalos correndo sobre um campo.

Dos *Cadernos de Estocolmo*:

"No monte Tagro, onde fica a cidade de Lisboa, as éguas ficam prenhes só pelo vento";

"Nos seus pastos as éguas reproduzem-se com admirável fecundidade, porquanto só de aspirar as auras concebem do vento, e depois sequiosas têm coito com os cavalos. Desta forma se casam com o sopro das auras".

(As auras eram o vento favónio, que soprava do mar. Directa ou indirectamente, nessas lendas o vento marinho trazia a fecundidade e o desejo.

Ainda somos até hoje um país criador de cavalos. Desde logo, lusitanos. E temos no Alentejo cavalos selvagens.)

De uma mala no chão, semiaberta, saíam folhas de papel onde se lia: *Quase romance*, porque tudo era alusão, memória, projecção ou invenção de uma narrativa, repetida e multiplicada em imagens de filmes e vídeos, por exemplo um barco partindo, enquanto se tornava audível o marulhar do rio batendo nas margens — Lisboa afastando-se até desaparecer —

e de repente, quando avançámos mais, um cheiro a maresia vem ter connosco, como se dentro de nós uma janela se abrisse,

e num écran gigante, que ocupa toda uma parede, imagens do mar sucedem-se de modo hipnótico, obsessivo, enquanto a luz muda devagar como se o dia fosse avançando;

sons desconstruídos do fado servem de suporte sonoro às imagens; nenhuma palavra é realmente audível, mas a toada, subliminar, é inequivocamente aquela, subindo por vezes de repente e logo desaparecendo, como uma onda na areia.

Dos *Cadernos de Estocolmo*:
Há uma canção, em Lisboa.
Cantava-se, há pelo menos cento e cinquenta anos, nas camadas sociais mais baixas, nas casas e ruas de má fama, quando as mulheres do fado eram mulheres da vida e os cantadores marujos e rufias.
Não é uma canção melancólica, é uma canção altiva. Há um gesto desafiador de sacudir a cabeça, atirando-a para trás, de expor o corpo, de não esconder nada, de afirmar e assumir o que se é, quem

não quiser ouvir-me vá-se embora, quem não for desta noite que se mude.

"*Porque eu sou assim. Que Deus me perdoe, se é crime ou pecado. Mas eu sou assim.*"

Somos assim. Gente misturada, mestiçada, no sangue e na mentalidade. Vimos de muitas gentes, de muitas raças. Somos assim, a nossa identidade é esta. Coisas pequenas, da vida pequena, mas a vida é sempre pequena e são milhões de vidas pequenas que fazem girar o mundo.

Não há lugar para filosofias, somos coisas destas, comuns e banais, amores e desamores, traições, desgraças, ajustes de contas, vinganças. E também riso, ironia, provocação, denúncia. Uma voz atirada espalhando, fazendo saber, para que conste. Que saibam todos: eu, Zé ninguém, falei e disse, cantei, anunciei, denunciei. O fado é denúncia e teimosia. Fala da luta pela sobrevivência, da injustiça dos que têm de mais e dos que têm de menos. A queixa é também revolta, o fado não perdoa.

As mulheres cantam-no de cabeça levantada e os homens de mãos nos bolsos, com ar desafiador de rufia. Desafiando a vida. Porque ela nos morde como um cão raivoso, mas ainda aqui estamos, de pé. E cantamos. E contamos. O fado canta e conta, é uma crónica do dia-a-dia. Tudo lá cabe, "ao fado tudo se canta e se diz", até o riso descarado da Rita e o namoro à sorrelfa com o Chico, primo do Chico Maravilhas, por sua vez primo do Chico Esperto, que somos todos, não está maré para romantismos e o povo não é nenhum santo, vai-se desenrascando com a esperteza que pode, porque quem tem massa sempre se safa e quem se lixa no fim, certo e sabido, é o mexilhão.

O ritmo é por vezes rápido, "corrido", e pode passar-se insensivelmente do canto ao recitativo. O Marceneiro por exemplo fazia essa transição do cantar ao dizer e vice-versa, ele que não tinha voz para cantar e cantava como poucos, ele que se chamava Alfredo Duarte e era conhecido pelo Marceneiro, porque era esse o seu ofício, além do de cantador. E fez em madeira a casa da Mariquinhas, que é, sem ele suspeitar, uma obra de arte plástica, uma espécie de instalação.

Antes de grandes poetas darem versos ao fado, eram poetas de bairro, quase desconhecidos, que faziam as letras. E de repente, no meio das coisas mais banais, podia saltar um verso. Bastava um verso para salvar o contexto.

De resto o fado é parco nas palavras, que são imensamente contidas e ditas por entre dentes. Para já são poucas, meia dúzia de versos, em geral quadras de sete sílabas, embora também haja quintilhas e versos alexandrinos. Mas poucas palavras bastam para dizer muita coisa, cabem nelas histórias e vidas inteiras.

Tem uma forma sincopada de cantar-se, é um modo diferente de dizer as coisas, ignorando ou destruindo o encadeamento normal das frases. O fim de um verso pode saltar para o seguinte e interromper-se a meio, sem cuidar da lógica, forçando-nos a voltar atrás e recuperar na memória o já dito, para que não se perca o sentido. Há uma espécie de desconstrução da linguagem verbal, através de uma linguagem musical que parece não coincidir com a primeira. O fado avança ou atrasa a frase, produz hiatos onde não se esperam, desliza sobre séries de palavras para acentuar uma ou outra intempestivamente, de um modo que por vezes se diria acidental. Mas o sentido verbal e o melódico, que aparentemente se desencontram, acabam por coincidir no fim. E tudo ficou dito da maneira certa.

As cordas são naturalmente cúmplices, fazem com a voz um jogo de sedução ou desafio, suportam-na, duplicam-na, dando-lhe espessura. A guitarra e a viola dialogam, passam mensagens, desafiam-se, entendem-se, jogam o seu próprio jogo na penumbra. Até que a voz humana as chama à boca do palco, à viola este, à guitarra aquele – entraram entretanto outros instrumentos, o fado transforma-se e muda e no entanto permanece, como todas as coisas vivas.

Mas já não se dança, tornou-se demasiado autónomo como forma musical. Deixou há muito de ser dançado. No início era sobretudo uma dança, metia umbigada e era sensual e mal afamado como o tango.

Mas a sensualidade ficou. Canta-se com o corpo, o mestre do fado é o corpo e a história que, vivida ou não, ele quer contar. Também o fado é uma narrativa.

Numa réplica da fachada da casa natal de Fernando Pessoa tinhas escrito excertos da *Ode marítima*, de que uma voz gravada recitava frases.

Bruscamente fazia-se silêncio, e no meio do silêncio ouviam-se badaladas de um sino, caindo como gotas de água numa tarde parada de Lisboa, e uma voz contava, como em confidência:

"*O sino da minha aldeia, Gaspar Simões, é o da igreja dos Mártires, ali no Chiado. A aldeia em que eu nasci foi o Largo de São Carlos.*"

E entretanto, no chão, há uma T-shirt intencionalmente kitsch, igual às que se vendem nas ruas, amarrotada, suja de sal e de óleo de barcos, onde se lê *Lisbon is for lovers*, e projectam-se em toda a volta, à altura dos olhos, slides com imagens de amantes anónimos ou cujo rosto não é visível, são apenas pessoas no meio da cidade, como milhões de outras, com uma história igual a milhões de outras histórias.

E havia os quadros da série *O pátio dos bichos*, uma espécie de jardim zoológico da corte com animais exóticos, mas onde também os reis, condes, duques e marqueses surgiam como animais exóticos, "aves raras", diferentes do vulgo, numa visão caricatural de humor e estranheza. Humor e estranheza que havia também nos quadros das séries *Santos Populares dançando* e *Bonifrates na festa*.

A vida como teatro, na Lisboa do século XVIII, transbordava de outros quadros:
REAL FÁBRICA DOS PENTES DE MARFIM CAIXAS DE PAPELÃO E VERNIZES;
REAL FÁBRICA DAS SEDAS E DOS CHAPÉUS,
em que surgiam figuras grotescas no meio de uma chuva de objectos de ócio e de luxo, como cartas de jogar, botões floreados, galões, lençaria, chapéus e fitas de seda.

Dos *Cadernos de Lisboa*:
A Casa da Índia (que nos parece uma alusão irónica à outra, onde se aparelhavam os navios e recebia a valiosa carga das viagens) é hoje um modestíssimo restaurante indiano na Calçada do Combro, cujo proprietário provavelmente nem sabe que alguma vez existiu

outra Casa da Índia, e o nome é agora uma homenagem à sua terra natal, ou à terra dos seus antepassados. (...)

Um ar africano que por vezes nos surpreende em Lisboa. As palmeiras varrendo o céu com as suas enormes folhas. Aqui se aclimataram, e passaram também a ser daqui. É com elas que deparámos logo ao sair do aeroporto. Como um aviso: Estámos na Europa, mas o nosso coração é africano.

(...)

As casas muito baixas da zona de Belém e noutras zonas antigas. Os prédios por vezes muito estreitos, com varandas, pintados de cores fortes, amarelo, ocre, verde, grená, azul, cor-de-rosa velho ou cor-de- rosa choque, não importa se as cores combinam ou não entre si, a regra é que todas combinam finalmente no conjunto, como nos panos que em África as mulheres enrolam em volta do corpo e em Moçambique se chamam capulanas.

Havia filmes e slides com milhares de rostos às horas de ponta, multidões entrando e saindo dos barcos, no Terreiro do Paço, rostos de todas as cores, sons de vozes em línguas misturadas, nas ruas da Mouraria, e no meio disso a instalação

A viagem do mundo I:

A entrada era larga, cheia de luz e de cor, como uma história antiga, contada a crianças: imagens de animais exóticos e de especiarias, canela, pimenta, cravo-da-Índia, e a legenda:

O longe tornou-se perto, o exótico deixou de o ser, a flora e a fauna são-nos familiares, as especiarias fazem parte da nossa vida, mas à medida que se avança entra-se num labirinto cada vez mais escuro, em que surgem frases, em flashes, nas paredes:

Mas o que sabemos das pessoas?
Nada.

São-nos estranhas, nunca transpusemos a distância até aos que são diferentes de nós, diabolizamo-los e alucinamo-los, e de repente o corredor torna-se tão estreito que só cabe de cada vez um visitante, e em toda a volta, no chão, no tecto e nas paredes, surgem imagens de violência, tortura e morte, corpos e rostos explodindo debaixo de bombas e fogo, imagens e som de tal modo violentos que se tornam insuportáveis e o visitante, que se sente no meio de um pesadelo e só deseja encontrar a saída, esbarra finalmente num espelho escuro como água escura, como se chegasse ao fundo do labirinto e enfrentasse com terror o Minotauro. Mas à sua chegada o espelho ilumina-se e vê reflectida a sua própria face, com a legenda:

O Outro somos nós.

E ao sair do labirinto encontra num grande écran imagens de astronautas saindo de cápsulas em estações espaciais. O título

A viagem do mundo II
aparece projectado sobre uma cor azul, o azul do mar e do céu, a cor do *Enigma*.

A investigação espacial como a continuação das grandes navegações do século xv, uma espantosa realização científica e tecnológica, alargando o horizonte e o saber, mas também (se entendi a tua intenção) uma fuga para a frente, em lugar de corrigir os erros que cometemos no lugar de origem.

Daí a legenda, em grandes letras projectadas ininterruptamente umas a seguir às outras: *A Prioridade é a Terra*.

Dos *Cadernos de Lisboa*
Quem somos, lançados no espaço, onde talvez haja ou não mais vida inteligente?
E o que fazemos, com a nossa inteligência, no planeta que habitamos?
A nossa espécie não estava particularmente destinada a sobreviver e a evoluir, não mais que por exemplo as borboletas e as baratas, e só por um acidente de percurso encontrou saída na cadeia das espécies e se alterou. Mas, depois de milhões de anos, ainda estamos no princípio, e a nossa evolução não é brilhante.

A última peça é a instalação *Nostos,*: o globo terrestre, em equilíbrio instável, sobre a jangada de Ulisses.
A Terra parece leve como uma bolha de ar, uma bola de sabão. Conseguirá, alguma vez, chegar a bom porto? Tornar-se uma casa, para biliões de habitantes à deriva?
A jangada é frágil e a cada passo naufraga, submersa por ondas gigantescas, mas volta a flutuar, cada vez mais insegura. Oscilando na jangada, a Terra muda muito lentamente de cor, do azul ao negro, ao vermelho e cor de fogo como se estivesse em chamas, depois torna-se branca, parecendo reduzida a cinzas, até que surge uma débil cor verde, que se torna frouxamente brilhante. Sugerindo talvez, apesar de tudo, um sinal de esperança. (A tua alegria, Cecília, a tua incorrigível alegria.)

No entanto o verde é ténue e o brilho muito frouxo. E a palavra *Nostos,* (em grego, o regresso a casa) não é seguida por um ponto final mas por uma vírgula inquieta, uma breve pausa de respiração. Como se quisesses deixar-nos ao mesmo tempo um sinal de alarme. Porque provavelmente, na melhor das hipóteses, continuaremos a lutar para permanecer à superfície enquanto ondas gigantescas se abatem sobre nós. O regresso a casa, a Terra como um lugar habitável para a espécie humana faminta, sem tecto e sem abrigo, é porventura a utopia que nos mantém – mas até quando? – à tona de água.

O telefone tocou, pelas duas ou três horas, numa dessas noites em que eu trabalhava. Ouvi a voz de Sara.
Também ela trabalhava sem dormir num processo difícil, que felizmente estava a chegar ao fim. A data do julgamento estava próxima, e logo depois queria ir uns dias ao Nordeste brasileiro.
– Sair um momento daqui. Preciso de uma praia quente e de sol.

Também eu trabalhava dia e noite na exposição, cuja inauguração não foi adiada, embora muitas vezes me parecesse literalmente impossível terminá-la a tempo.
Foram semanas febris, com uma equipe de técnicos e de operários transformando o espaço, dando corpo a um projecto. Uma cidade real e imaginada. Olhando para o mundo.

Mergulhei no trabalho, sem dar conta do cansaço nem do passar do tempo.

Até que a exposição ficou pronta e pude atravessá-la, como primeiro e ainda único espectador, e ela ganhou vida e sentido à minha volta, envolveu-me na sua força, na sua vibração, na sua luz. Lisboa, tal como a tínhamos amado, estava lá e resistia e abrir-se-ia agora ao olhar dos visitantes, como um jogo sucessivo de espelhos. De espelhos de água.

Percorri-a de um extremo ao outro, *A Cidade de Ulisses*, como se me acompanhasses – ias comigo, Cecília, ou antes, eu levava-te comigo, até ao outro lado. No ponto mais extremo, onde a exposição terminava, nascerias.

Entrarias no mundo da arte, onde terias doravante um lugar e um nome: Cecília Branco.

Mas foi também aí, nesse ponto em que a exposição chegava ao fim, que percebi que esse era também o lugar em que iria deixar-te.

Estavas fora de mim, da minha vida. O teu nome seguiria uma vida autónoma. O destino da tua obra só a ti dizia respeito. Estavas só, no limiar de um novo mundo. E eu aceitava a inevitabilidade de perder-te. Como Orfeu, que deixa Eurídice entre as sombras e caminha sem ela em direcção à luz.

O que restava de ti era uma obra. Um corpus. Mas tu estavas morta. E as tuas cinzas espalhadas num cendrário, misturadas com a terra de Lisboa.

Caminhei algum tempo pelo jardim da Gulbenkian, por entre as árvores, e imaginei a excitação, a festa, o deslumbramento, na inauguração onde eu não estaria.

O meu trabalho estava feito, eu saía de cena. Deixava-te com a família que tinhas construído e amado, que tinhas merecido e te tinha merecido, deixava-te com o público, com o mundo para quem tinhas trabalhado e viria agora ter contigo.

Telefonei a Sara.
– Terminei, disse-lhe.
– Quando é a inauguração?
– Hoje, ao fim da tarde. Mas não vou ficar, já pertence ao passado. O que eu tinha a fazer já foi feito.
Ainda estás a pensar naquela praia, no Nordeste do Brasil?
– Cheguei ontem ao Brasil, disse ela.
– Vou ter contigo. Dá-me o endereço do hotel.
Ela deu-me o endereço:
– Fico à tua espera, disse. E acrescentou:
– Foi por ti que sempre esperei. A vida inteira.
– Até já. Amo-te, respondi. Porque agora podia dizer-lhe todas as palavras.

O avião levantou voo, ganhou mais e mais altura, sobre o mar. Do outro lado do Atlântico uma mulher esperava por mim. E eu atravessava o mar por amor dela, porque era grande como o mar o meu amor por ela, o amor que ela sempre esperara encontrar algum dia.

Imaginei-me subindo no elevador do hotel, entrando no quarto, apertando-a nos braços e caindo com ela sobre a cama, e veio-me à ideia o monólogo final de Molly Bloom. Mas eu preferia a versão de Homero, o maior dos contadores de histórias. Recusava a versão desencantada de Joyce, com toda aquela torrente de palavras, porque a vida podia não ser como ele a via, e quase não precisava de palavras. A mais bela das histórias, a de Ulisses, podia contar-se assim:

Um homem vencia os obstáculos do caminho e voltava finalmente para uma mulher amada, que tinha esperado por ele a vida inteira.

Havia milénios que homens e mulheres viviam a esperança dessa história. E uma vez por outra, talvez não muitas vezes e talvez apenas para alguns, bafejados pela sorte, pelo acaso ou pelos deuses, essa história inverossímil do regresso a casa entrava na vida real e acontecia.

Este livro foi composto
em papel pólen soft 80g/m²
e impresso em setembro de 2017

Que este livro dure até antes do fim do mundo